Bernhard Koch

Se hett mi küsst!

... un anner Geschichten op Platt

M

MOHLAND

Bibliografische Information der Deutschen Bibliothek
Die Deutsche Bibliothek verzeichnet diese Publikation in der Deutschen Nationalbibliografie; detaillierte bibliografische Daten sind im Internet über http://dnb.ddb.de abrufbar.

Bernhard Koch
Se hett mi küsst!

1. Auflage 2006

Titelbild: Christof Boeßner
Lektorat: Klaus-Dieter Tüxen
Herstellung: Büchermaus, 25862 Goldebek
Verlag: MOHLAND Verlag D. Peters Nachf.
Dorfstraße 9, 25862 Goldebek
www.mohland.de

ISBN 3-86675-000-5

Inhaltsverzeichnis

Gelatine

Ik heff ja richtig Sott hatt. Ik meen, wegen de Fro, de ik afkregen heff. Dorför graleer ik mi jeden Dag wedder un wedder. Beter harr dat nich komen kunnt. Wenn se mi in'n Arm nimmt un mi 'n Söten opdrückt, dat is dat allerbeste Geföhl in de Welt. Un to mien Glück is se veel praktischer veranlaagt as ik. Ehr sünnerliche Spezialität is dat Bevörroden. Schull dat mol en Sneekatastroph geven, de dree Moonden lang duert - keen Problem! To eten hebbt wi noog. Ik heff mol utrekent, alleen wat wi an Nudeln in't Huus hebbt, dat langt för veertig Doog.

In mien Studententiet heff ik veel mit annere Studenten tosomen wohnt, man ok mol en Johr lang alleen. Jungedi, dat weer nich jümmer ganz licht för so en Chaoten as mi. Eenmol is mi Sünndagnomiddag dat Klopapeer utgohn, un jüst an den Dag harr ik dat mit de Schieteree. Mann, weer ik froh, dat dat „Hamburger Abendblatt" an 't Wekenenn so dick is! Mit so 'ne Sorgen hett dat nu over 'n Enn. Ik heff güstern jüst mol notellt: fiefuntwintig Rullen liggt noch in't Regool. De neegste Mogen-Darm-Virus kann komen ...

De Huusarbeit deelt wi uns - wi goht ja ok beid no Arbeit to'n Geld verdenen. Man, dat gifft 'n ganze Reeg vun Arbeiden in 'n Huusholt, de kann un kann ik nich utstohn. To'n Bispeel dat Afwaschen! An'n leevsten harr ik Töllers ut Papp, un de kunn man denn no 't Eten fein tosomenknüllen un weg dormit!

Mien Deern süht dat ganz anners. Se seggt: „Afwaschen entspannt! Is beter as autogenes Training!" Tjä, wat den een sien Uhl ... Annerletz keem ik ovends vun mien Plattdüütschkurs an de Volkshoochschool no Huus, un mien Deern weer jüst noch bi ehr Hobby togang, bi 't Afwaschen. Ik hool mi 'n Töller rut, Besteck, Broot, Botter, noch wat to'n Roppleggen un pack dat allens op 'n Kökendisch hen. Ik müsst over eerst noch eben no 't Klo hen. Kiek, un dat weer mien Fehler! As ik torüch keem, dor weern mien Töller un dat Besteck al in de Opwaschschöttel landt. Minsch, weer ik froh, dat ik mien Handy nich mit op 'n Disch leggt harr ...

Dat keem over noch beter:

För Sünndagnomiddag harr sik Besöök anseggt. Ik wull en Kees-Sahne-Tort moken. Mmh, lecker! Un in sowat, dor höört ja ok Gelatine rin. En lütte Tuut weer noch dor, un de müsst denn in en Putt mit Woter opquellen. Ik güng eerstmol weg un heff telefoneert. Man, as ik torüch keem ... du, mien Gelatine, de letzte Tuut ... mien Putt mit Gelatine, de stünn blangen de Opwaschschöttel, överkopp, to'n Dröögen! Se harr em jüst afwuschen! Un mien Deern sä: „Du, ik dach, dat is blots Woter in den Putt, un dor heff ik em glieks mit afwuschen. Schall doch allens schön rein ween, wenn de Besöök kummt." Un ik, ik stünn denn dor, mit mien halffardige Kees-Sahne-Tort. „Minsch", sä ik, „wat schall ik nu moken? De Torte, de löppt doch utenanner, wenn dor keen Gelatine rinkummt ...!"

Un dor hett sik wedder mol wiest, wat för 'n patente Person mien Deern is. Se güng no de Spieskomer röver, hett dor 'n Doos ut Blick ruthoolt un den Deckel opmookt: Dörtig Büdels Gelatine weern dor binnen! Un dorför heff ik ehr eerstmol in 'n Arm nohmen un en'n Söten opdrückt!

Un wenn du mol in Noot büst, un de Gelatine is di utgohn – keen Problem. Fix even bi uns anropen. Oder Klopapeer, Nudeln, wat weet ik. Du kannst ok anschrieven loten. Ik bün ja nich so ...

Kaffee drinken bi Tante Edeltraut

Freut ji jo egens op Wiehnachten? Also, wat mien Fründ Wolfgang is, de freut sik op Wiehnachten. Ditmool! Fröher weer dat nich so, un Schuld doran weer dat Kaffeedrinken bi Tante Edeltraut. An'n tweten Fierdag. Jedet Johr.

Dat Kaffeedrinken bi Tante Edeltraut, dat harr dat in sik. Dat weer „gefürchtet"! Tante Edeltraut is nämlich 'n Miesepeter. En suurmuulschen Griesgroom, de bi allens en Hoor in de Supp finnen mutt, blots dat se wat to'n Jammern hett.

Mol seggen: All sitt se jüst an den vullen Kaffeedisch tosomen. Dree Torten gifft dat, Botterkoken, Keks ... De Kaffee rüükt so schön ... Dor süüfzt Tante Edeltraut mitmol: „Aaaaach, joo. Nu is de Disch noch vull. Over morgen kann dat al ganz anners komen! Jo, jo."

Also, sowat is jo 'n Stimmungskiller, dat segg ik di! Musenstill warrt dat denn. All gnubbert se jem ehr Tort wieter. Nüms seggt wat. Nüms woogt dat, wat to seggen.

'n beten loter kummt denn de Preiselbeertort an de Reeg. Oh, de dröffst du op keen'n Fall utloten! Nu kummt ok de Klöönsnack wedder in Fohrt. Man, wenn de Stimmung jüst an'n besten is, denn sleit Tante Edeltraut wedder to!

„Hebbt ji al höört, wokeen dootbleven is? Heini Stelling! Weer jüst so oolt as ik. Tokomen Moond schull he in Rente gohn, un nu sowat! Nich to glöven ..."

Dodenstill warrt dat denn an'n Kaffeedisch! Un Onkel Willi, Tante Edeltraut ehr Mann, de seggt denn: „Jo. So is dat." Un Wolfgang seggt: „Jo, jo."

Kiek, un dorüm harr Wolfgang jümmer en leidig Geföhl in't Liev, wenn dat op Wiehnachten to güng ...

Man, denn weer 't wedder so wiet: De twete Wiehnachtsdag weer dor, un dat Kaffeedrinken stünn vör de Döör.

Minsch, du, Wolfgang harr sik extra 'n poor lustige Geschichten proot leggt – de wull he vertellen, wenn de Stimmung ünner Null dol sacken schull. To'n Bispeel de Geschicht vun Martha un Heinz: Martha ehr Köter, de weer ja nu dootbleven, over Martha harr noch soooo vele Dosen in 't Schapp – BELLO EXQUISIT: „Fleischbällchen in Soße". Un jümmer, wenn Martha nu keen Lust to'n Koken harr, denn geev dat ... richtig, „Fleischbällchen in Soße". Dat gode Fleesch! Kannst dat doch nich eenfach wegsmieten! Un Heinz, de müsst eten, wat op 'n Disch keem.

En gode Geschicht! Jo, Wolfgang, de weer nu proot för 't Fest! Un dor kämen se denn an, de dree Torten, de Botterkoken un de Keks. Un de Gäst. Un Tante Edeltraut.

Un de Kaffeeklatsch is jüst so richtig in de Gang, dor leggt Tante Edeltraut los: „Kiek mol, de lütte Melkkann. De kann mal 'n feine Snoveltass afgeven. Dor kann ik denn goot ut drinken, wenn ik mol 'n Unfall heff un mi nich mehr rögen kann."

Ach, du leve Tiet! Nu geiht' los! Fix dat Thema wesseln. Gau her mit de „Fleischbällchen in Soße".

Hö, hö, hö! Jo, lustig, wat?! De ganze Gesellschaft is an 't Pruusten.

Over Tante Edeltraut hett gor nich richtig henhöört: „Ik heff in 't Blatt leest, in Norwegen gifft dat en Kant, dor regent dat 300 Doog in 't Johr! Jo", süüfzt se, „wat dat nich allens geven deit ..."

Unkel Willi kriggt dat nu mit de Nerven. He fangt an to bevern un gütt de Kaffeemelk op dat Dischdook. „Oh!" Fix wischt he dat mit de Serviett op. Swiegen. Stumm gnubbert se all an de gode „Walnusstort *Chateauneuf*".

Un nu passeert dat. As Tante Edeltraut vertellt: „In uns Noverdörp is annerletzt en Keerl an 'n Stück Walnusstort *Chateauneuf* stickt un dootbleven", dor kriggt Onkel Willi 'n groten Kluut mit Nööt in 'n verkehrten Kanool! He mutt hoosten, warrt bleek, röchelt. Gräsig! Onkel Willi kriggt keen Luft mehr – hhhhhh! – Un all stoht se üm em rüm un rüttelt un schüttelt em un haut em op 'n Rüch – hhhhhh! – un geevt em goden Root: „Hier, Willi, drink wat!"

Hhhhhh!!!

„Willi, du muttst bet hunnertnegenuntwintig tellen, dat hölpt!"

Hhhhhh!!!

„Willi, du muttst denken: Mein Atem geht ruhig und gleichmäßig – es atmet mich!"

Hhhhhh ... Hölpt over nich ...

Tante Edeltraut sleit Alarm: „Oh Gott, he löppt al blau an!" Wolfgang will den Noot-Arzt ropen, man Tante Edeltraut is al an 't Klagen: „Hier op 'n Dörp kann dat 'n halve Stünn duern! Bi mien Cousin sünd se ok to loot komen!" Un wohrschienlich rekent se in Gedanken al dörch, wo düer de Beerdigung warrt, dor grippt sik Wolfgang in sien Noot den Teppichklopper. Un denn, denn haut he Onkel Willi mit so 'n Kawumm op 'n Rüch, dat de Nööt wedder rutschoten koomt un bi Tante Edeltraut in de Kaffeetass landt!

Onkel Willi is rett'. Man de Teppichklopper ... de is twei.

Kannst em blots noch wegsmieten.

Un mit Gäst, de den Teppichklopper tweihaut, dor will Tante Edeltraut nix mehr mit to doon hebben! So ’ne, de köönt glieks na Huus gohn un bruukt sik nich wedder sehn loten!!

Kiek, un siet dissen Dag kann Wolfgang sik wedder op Wiehnachten freuen ...

Onkel Willi is uttrocken un hett sik ’n annere Fro söcht. Tante Edeltraut, de is verswunnen. Nüms hett noch wat vun ehr hööört, over ik bün mi seker: Se leevt nu dor, wo dat dreehunnert Doog in ’t Johr regent un hett ’n Unfall hatt un drinkt Melk ut de Snoveltass ...

Se hett mi küsst!
oder:
Dat Malöör mit de Mobylette

Gerd, de dröömt jümmer. Ok in Physik. Männichmol kippelt he so lang mit sien'n Stohl rüm, bet he hensleit, un denn lacht de annern em wat ut. Wi schrievt dat Johr 1982, un Gerd warrt föffteihn un schall nu to'n Geburtsdag en Mofa kriegen. En Hercules XJ 12 oder so. 'n Helm hett he sik al vör 'n halvet Johr köfft; Gerd kann 't kuum aftöven. Man, Vadder is arbeitslos un hett wenig Geld. Un dorüm gifft dat denn doch keen Hercules XJ 12 oder so. Gerd mookt 'n lang Gesicht: He kriggt de ole Mobylette, mit de Vadder fröher jümmer no Arbeit föhrt is. Süht ut as 'n Fohrrad, dat loter mol, wenn 't öller is, Mofa warrn will. Mookt 'n höllschen Larm, man, mit den dösigen Remenandriev kummt de Knatterkist kuum vun de Steed.

Nina, ut Gerd sien Klass seggt: „De as eerster bi Bäcker Clausen ankummt, de kriggt 'n Söten vun mi!" De Sieger heet Sören, mit groten Afstand. Na kloor, de hett ja ok 'n Hercules XJ 12. Un Nina gifft Sören en'n Söten, un Sören, de steiht dor, as de Ferrari-Mann Niki Lauda op 't Podest. Fehlt blots noch, dat he mit 'n Schampus-Buddel rümsprütten deit ...

Een goden Dag sitt Gerd bi de Mobylette in'n Schuppen un mookt ehr rein. Ok en Mobylette will heegt un pleegt warrn; viellicht de sogor eerst recht. Un miteens seggt en Stimm mit 'n franzööschen Akzent to Gerd: *„Bonjour, Gerd."*

Gerd is en hööflichen Jung un antert glieks: „Bong-schuur!" He is in't drüdde Johr Franzöösch an de School, dor is Goden-Dag-seggen en Klacks. Over tööv mal: Wokeen hett denn mit em snackt? Is doch nüms to sehn ...? Ach, seker hett he wedder dröömt. So as in de School. „Gerd is 'n Drömel", seggt se all, „en richtigen Hans-guck-in-die-Luft."

Man, dor is de Stimm wedder, en söte Stimm: *„Gerd, c'est moi, Mobylette ...* iisch biin es, Mobylette ... iisch mag es, wie du miisch schtreischelst, miit deine Puutzlappönn."

Gerd kippte eerstmal üm, so as in de School mit sien'n Stohl. Dunnerslag, dat Mofa kann snacken! Kiek, mookt sik doch betohlt, wenn een sien Kroom goot in Schuss hollen deit. Gerd sien Mofa is jümmer dat blankste, un 'n Rallyestriepen hett he dor ok noch rop backt.

Un denn vertellt dat Mofa mit den franzööschen Akzent: „Gerd, du muußt miisch errlösen ... iisch biin eine *princesse,* eine verrßauberrte Prinzessin aus die siebßehnte Jahr-undert. Gerd, du biist meine einßige Offnung (wat 'n reelle franzöösche Prinzessin is, de kann natürlich keen „h" seggen. Also to'n Bispeel seggt se: Annover, ildes-eim, Ämorrhoiden, na un so wieter). Mein Geist sitzt in deine Mofa, und errst wenn deine Mofa ßweiunvierziisch Kilometer in derr Stunde fährt, dann biin iisch errlööst."

„Ohaueha, tweeunveertig", süüfzt Gerd, „dat schaff ik in 't Leven nich. Achtuntwintig is dat Höögste – bargdol." Gerd sitt eerstmal ganz bedrippst dor in sien'n Schuppen. He will over bannig geern mol mit en reelle, franzöösche Prinzessin tosomen in sien'n Schuppen sitten. Un seker hett de Ool vun de Prinzessin 'n Barg Schotter un mookt för Gerd to'n Dank 'n beten wat locker, för en Hercules XJ 12.

Ja, so en Vision vör Ogen, de gifft Energie! Un Gerd kneet sik rin in sien Wark; he will de Mobylette op tweeunveertig hoochfriseern! Jeedeen Dag huukt he in 'n Schuppen un schrüfft un homert. De Krümmer mutt utwesselt warrn, kloor. Un denn natürlich noch so allerhand. Dat geiht in 't Geld, un dat kost 'n Barg Tiet. Un de Tiet mutt bi 't Lehrn för Physik inspoort warrn.

Kloor, Gerd schrifft en Fief in de neegste Klassenarbeit in Physik. Over in Franzöösch is he nu de Best in de Klass! De Prinzessin stellt em nämlich jümmer Opgoven, wenn he in 'n Schuppen an 't Mofa rümklütern deit. Gerd vertellt over nüms wat, denn he is Bang, dat se em no de Klappsmöhl henbringt. Sien grote Broder seggt al lang, wenn dat so wieder güng mit Gerd as nu, weer he loter seker mol riep för de Klappsmöhl ...

Man, denn is de grote Dag dor: Allens is fardig! „Gerd, iisch biin so stolz auf diisch", seggt de Prinzessin, *„bonne chance, mon ami!"* Un Gerd sett sien'n Helm op, he will vun boven vun 'n Düvelsbarg dolsusen, op de Bundesstroot, dor is de Belag an'n besten, de Wind schüfft vun achtern no, dat is Klock söven Sünnovendmorgen, to Huus sloopt se noch all, nüms ahnt wat, un nu geiht dat los!

Dat Mofa mookt en höllschen Larm, allens vibreert. De Motor wackelt, as wull he sik glieks sülvständig moken. Un de Nodel op 'n Tacho geiht höger un höger rop. Bet veertig, denn is Sluss. Un nu mookt Gerd sik ganz lütt, Stromlinienform, as in 'n Windkanool. Un de Nodel klattert hoch bet tweeunveertig. Jippie! Gerd ritt den linken Arm hoch. Jippie!

Nu is over gor keen Tiet mehr to'n Jubeln, dor vörn kummt al de Krüüzung. Damminochmol, de achterste Brems geiht nich, un vun links kummt en groten Laster! Mofa gegen Laster, dat is kloor, wokeen dor den Körteren trecken deit, un dorüm stüert Gerd in den Schosseegroven rin un mookt en Satz un sleit op, un denn warrt allens swatt ...

In't Krankenhuus flickt se em wedder tosomen. Gips un Bandagen ... he süht meist ut as 'n Mumie ut Ägyten. Mudder, Vadder un de grote Broder stoht an 't Bett. Mudder weent. Vadder ploont al för de Tokunft: He will Gerd düchtig vertrimmen, wenn de torüch no Huus kummt. Gerd liggt in 't Bett un stöhnt jümmer wedder: „Ik heff dat schafft. Ik heff dat schafft. Ik heff de Prinzessin rett'." Un de grote Broder seggt natürlich: „Ssüh, nu is he riep för de Klappsmöhl." Un denn huult Mudder los: „Oh, segg doch sowat nich!"

In de Nacht kummt over nochmol Besöök: De franzöösche Prinzessin! Dunnerslag, dat hett wohraftig klappt! Gerd is de glücklichste Minsch op de Welt. Leider, seggt se, leider müsst se nu torüch no 't söventeihnste Johrhunnert. 'n lütten Scheck wöör se em noch in den Nachtdisch rinleggen, man, se müsst glieks los. Un denn gifft se Gerd en Söten op de Back, un dat mookt „puff", un weg is se ...

'n beten loter kummt de Nachtswester rin, un Gerd faselt ehr wat vör vun en Prinzessin un seggt: „Se hett mi küsst! Kiek hier, hier hett se mi küsst!" Un mit 'n seligen Grientje slöppt he in. De Nachtswester kickt sik den Lippenstift op Gerd sien Back an. Du leve Tiet, denkt se, amenn is dat noch wohr; dat, wat he vertellt. Un dorüm wischt se gau allens af ...

As Gerd ut't Krankenhuus rut is, dor köfft he sik mit den Scheck en Hercules XJ 12. Un ik glööv, dat neegste Rennen gegen Sören, hen na Bäcker Clausen, dat hett Gerd wunnen, un Nina hett em denn en'n Söten geven ...

Dat Klassenfoto

Güstern heff ik den Keller oprüümt. Ploont weer dat al verleden Johr, over dor geev dat noch noog Utreden. Güstern is mi keen mehr infullen, un ik müsst dor ran. Wat bi so en Oprüüm-Aktion doch allens vördag kummt!

Sünnerlich interessant sünd natürlich Kartons mit ole Fotos. Man will de jümmer mol inkleven, ober de Fotos, de wehrt sik mit Macht dorgegen! Dat is ja al 'n Akt, sik mol dörchtoringen un 'n Album un Foto-Ecken to köpen. Un denn sitt man mit dat Album an 'n Disch. Un de Karton? De Karton mit de Biller is natürlich verswunnen! Spoorlos! Ünner 't Sofa? Nix. In 't Klederschapp? Ok nix. Vörsichtshalver heff ik ok noch in 't Köhlschapp nokeken – man is ja geern mol in Gedanken un leggt Soken dor hen, wo se nich henhöört. Köhlschapp weer over ok Fehlanzeige.

Ach jo, de weern ja no 'n Keller rünnerkomen! Bi 't Ümtrecken. Ganz no ünnen, ünner all de annern Kartons. Keen Schangs, dor ran to komen. Dree Johr lang. Güstern over heff ik jem to foten kregen.

Wenn man sik de Biller so ankieken deit ... also, wat drinken dorbi kann ik nich. Veel to gefährlich! Eerstmol de Klamotten: Büxen mit Slag, quietschbunte Hemden. Un de Frisuren! Weer ik dat wohrhaftig, oder weern dat Biller ut en

Nostalgie-Fernsehshow mit Günther Jauch oder mit Hape Kerkeling?

An'n gräsigsten seeg ik jümmer op Klassenfotos ut. De kriggt nüms to sehn! Heff jem nu goot wegsparrt, in en Stahl-Kassett mit Slott vör. Un wenn ik so recht nodenken doo, denn froog ik mi: Worüm bewohr ik de överhaupt noch op?

Dat Klassenfoto vun 1975 to'n Bispeel. In meist jede Klass gifft dat „Fürsten" un „Deeners". De Fürsten – so nööm ik hier mol de mit de grote Klapp, – de hebbt överall dat Seggen, un de „Deeners", dat sünd de, de nix to mellen hebbt un üm de Fürsten ümrüm scharwenzeln doot. Ik kann mi noch goot besinnen: Eenmol harr een vun uns Fürsten en Appelsien gegen de Wand dunnert. Ut Versehn, bi so 'n Oort Handballspeel in de Klass. Hüüttodoogs passeert ja ganz annere Soken, over 1975 weer dat noch wat Besünners.

Dat weer 'n ganz dicke. „Maroc, süß und saftig". De Placken weer noch heel frisch, un de Saft leep de Wand hendol. Jüst in dissen Momang keem de Klassenlehrerin ut dat Lehrerzimmer torüch. Wi hebbt denn en ganze Stünn lang över den Placken palavern müsst, un amenn geev dat en Afstimmung, över en Straafarbeit: Schall blots de Fürst en Straafarbeit kriegen oder de ganze Klass? Stell di mol vör: Bet op mi un twee annere hebbt se all för „De ganze Klass" stimmt! So'ne Deeners wünscht sik en echten Fürst!

Man, uns Lehrerin harr seggt: „Wenn dat Gegenstimmen geev, denn schull de Fürst", – Fürst hett se natürlich nich seggt, over ik kann mi op den Noom nich mehr besinnen, un ok in 't Geschichtsbook steiht över em nix binnen – also „de Fürst schull den Smeerkroom denn alleen wegmoken un alleen de Straafarbeit kriegen." Wegen mien Gegenstimm hett de Fürst dorno woll 'n halvt Johr nich mehr mit mi snackt ... Hüüt is de Fürst womöglich „leitender Angestellter" in en Firma, un jümmer, wenn he en Kündigung ünnerschreven hett, smitt he in sien Büro vör Freud 'n Appelsien gegen de Wand ...

Na, loot wi den Fürsten sien Roh! Kiekt wi mol, wokeen dor sünst noch op dat Foto is. In uns Klass weern natürlich ok 'n poor Dicke. Jungedi, de bruukt op so 'n Foto veel Platz! Ik weet noch, de een vun jem, de hett mol in 'n Sportünnerricht bi'n Hürdenloop een vun de Hürden kaputtpett'. Knacks! Un de Sportlehrer hett toovt!

Bi 't Mannschaftenutsöken för 't Footballspelen, dor bleven de Dicken natürlich bet to'n Sluss stohn. Bestenfalls as Bollwark in de Afwehr weern se to bruken. Un de een vun de Dicken, de is mol bi 't „Bockspringen" in de Turnstünn gegen den Buck dunnert un hett em mit sik ümreten – rumms!

Na, wokeen hett nu lacht?? De Dicke, de gegen den Buck dunnert is, dat weer ik nämlich!

Hüüttodoogs sünd ja vele Kinner to dick, ok vele vun de „Scheidungswaisen". Nüms to Huus, keen Eten op 'n Disch, also: hen no MäcDonäld's. Mampf! Domols over weer dat „dick ween" noch wat Besünners. Un dat weer en echte Straaf för mi, dat segg ik di! Kinner nehmt ja keen Blatt vör den Mund, wenn dat üm so'ne Soken geiht. So männichmol heff ik mi wünscht, dat ik en dürren Spargel weer un bi'n Football jem all dorvun lopen kunn. Ik weet noch, eenmol, dor schullen wi in'n Warkelünnerricht en Handpopp ut Papp-Maschee moken, för 'n Kaspertheoter. Zeitungen kaputtrieten, Kliester dorto, allens dörmosen, un denn ward de Figur formt. Ik heff en Polizist mookt! En Respektperson. Un ik heff em extradünn mookt.

Wi schullen denn en lütt Theoterstück improviseern. En Kasper weer dor, sien Oma, en Bandit, un ik glööv, ok noch en Krokodil un en Lööw oder sowat. Un denn hebbt wi speelt. Man nüms harr vör mien Polizisten Respekt. Nich de Bandit, nich dat Krokodil, nich de Lööw. De Oma un de Kasper, de dän sogor, as weer de Polizist överhaupt nich dor! Hebbt gor nich op sien Frogen antert bi 't Verhöör! De Polizist harr ok goot no Huus hengohn kunnt, dat weer de annern gor nich opfullen ... Womöglich harrn se noch seggt: „Och, in den dünnen Polizisten, dor stickt ja doch blots de Hand vun den Dicken binnen ..."

In de Johrn dorno bün ik sülvst denn ok dünn worrn, meist so dünn as mien Pappmaschee-Udel. Man, de Tiet as Klassen-Klops, de heff ik nich vergeten, un ik heff mien Lex dorut lehrt: Hüüttodoogs kiek ik bi de Minschen nich mehr op den Buukümfang. Dick, dünn, Segelohren, Brill, Hoorutfall mientwegen ... de ganze minschliche Anatomie is mi sowat vun egool. Un an en annern Minschen interesseert mi blots noch en lütte Eck: Dat Hart, dat mutt an den richtigen Placken sitten!

Hamborg - Helau!

Höört sik doch goot an, nich? „Hamborg – Helau!" Oder „Hamborg – Ahoi!" Un denn „tätää - tätää - tätää!" Over nee, Lüüd, wi kriegt dat nich hen, wi Nordlichter. Tominnst nich so goot as de in 'n Westen oder in 'n Süden. Un mutt jo ok nich. Dorför is bi uns de Fisch jümmer frisch! Un bi de in 'n Westen un in 'n Süden nich!

Mien Fründ Wolfgang, de hett Verwandtschaft bi de Narren. In 'n Süden, bi de schwäbsch-alemannsche Fasnacht. Sien Cousin Jürgen, de leevt dor ünnen. Un Wolfgang föhrt af un an mol hen, wenn de dor ünnen Fasnacht fiert. „Na, Fischkopp?" seggt Jürgen to'n Begröten an 'n Bohnhoff, un denn geiht dat los – af in 't Gewöhl. Eerstmol: Touristen op de Stroot anmolen! Un tokieken, wenn de Hootgrapscher ümgeiht un de Lüüd vun achtern mit 'n lange Tang de Mützen klaut. Un denn: Wein, Weib und Gesang!

Mookt over nich blots Spooß, dat Fasnacht fiern. Twee Johr torüch is Jürgen böös wat malöört, un dat keem so: In de närrischen Doog loopt jo allerwegens Lüüd mit Masken op dörch de Gegend, dat is heel normol. Jürgen weer jüst bi de Arbeit – he arbeit in en Bank – dor kummt en Keerl mit 'n Swiensmask rin. Heel normol. Man de mit de Swiensmask packt en Ballermann ut un hullt den Jürgen ünner de

Nees. Du leve Tiet! „Geld her, oder des isch dei letschte Fasnet!"

„Wat?!" denkt Jürgen, „nie nich wedder Fasnacht fiern?! Nee, dor geev ik em doch lever dat Geld rut." Un de Keerl mit de Swiensmask packt den Kroom in, suust no buten un verswinnt mang all de Narren ...

To'n Glück hett Jürgen gode Nerven – so 'n lütt Malöör kann he goot mol wegsteken. Man, letz Johr, ok in de Fasnachtstiet – hool di fast! Dor kummt de Keerl mit de Swiensmask doch nochmol! Oder dat weer en annern mit desülvige Idee. Op jeden Fall: Ballermann ruut, bi Jürgen ünner de Nees, her mit dat Geld, un tschüüs – de Swiensmask verswinnt in 't Gewöhl ...

Nu töövt Jürgen al op sien „Stammkunden". Wannehr de woll dit Johr kummt? Mit all dat vele Geld kunn de Keerl sik ok goot mol 'n annere Maske leisten; is jo langwielig, jümmer as Swien! meent Jürgen. Un sien Humor hett he nich verloren. He will sik ditmol to Fasnacht as Bandit utstaffeern. Denn man to! Helau!

Oostern mit Fritz

„Du, Opa?“ sä ik, „segg mol: Bringt uns Fritz dit Johr de Oostereier?“ Fritz, dat weer dat witte Kaninken in den lütten Kaninkenkäfig vör uns' Huus, un Opa anter: „Hm, mit sowat kenn ik mi gor nich ut. Dor mutt ik mol bi 'n Oosterhosen nofrogen.“

'n poor Doog loter keem Opa mit 'n Breef bi mi an: „Kiek, de Oosterhoos hett schreven.“ Ik weer gespannt as 'n Flitzebogen. Jo, wohrhaftig, dit Johr schull Fritz de Eier bringen. So stünn dat in den Breef vun 'n Oosterhosen binnen.

Mann in de Tünn! Uns' Fritz in so en wichtige Mission! Ik weer richtig stolt op em. Man, woans schull he sik utkennen in uns' Goorn? He seet jo den ganzen Dag in sien Käfig! Nee, Fritz müsst mol rut un sik dat allens ankieken. Un so heff ik em denn de Döör opmookt. Gott, nee. Wat hett dat Deert sik freut! Endlich mol so richtig uthoppeln. Un denn dat Oosterglockenutbuddeln, wat harr he dor för 'n Freud an!

Vadder nich. He meen, nu weer 't Tiet, dat Fritz weg keem. Fett noog weer he, un nu schull he verköfft warrn. En Dag loter weer uns Fritz verswunnen ...

* * *

Wat seggst du? De Geschicht heet „Oostern mit Fritz", un dat, wo he al vör Oostern verköfft warrt? Pass op, ik bün noch nich fardig!

Oostern geev dat Broden. Un disse Broden, de smeck ... hm, jo, komisch smeck de. So ganz anners. Mien Broder gnuff mi in de Siet un swiester mi to: „Du, mi dücht, dat is Fritz, wat wi op 'n Töller hebbt." Ik fung an to blarren: „Mama! Segg de Wohrheit! Eet wi jüst Fritz op?"

„Och, mien lütten Schieter. Mook di man keen Sorgen. Dat is austroolschen Springhosen, wat wi hier eten doot. Ganz feinen Kroom un hett bi 'n Slachter düchtig wat köst." Na, ik weer eerstmol ruhig.

Annern Dag bün ik over glieks no 'n Slachter hen. Ik wull weten, wo düer de austroolsche Springhoos denn weer. „Ho, ho, hoo!" De Slachter kunn sik meist gor nich wedder inkriegen. „Ho, ho, hoo! Austrolschen Springhosen! Du, dat is morgen noch goot!" Ik harr also mien Fründ Fritz opeten, keen Twiefel. Un dat, wo he doch so en wichtige Mission harr!

Mien Leevdag heff ik keen Kaninkenbroden wedder anfoot'...

Dat Malöör bi 't Eiersöken

„Du, Opa", fröög ik mien Grootvadder, „segg mol, Wiehnachten is Jesus doch to Welt komen, nä? Un wat weer Oostern?"

„Tjä", sä Opa un dach eerstmol no, „woans verkloor ik di dat? Also: An 'n Stillen Freedag is Jesus sturven. Un Oostern is he vun de Doden wedder opstohn!" Un Opa keek ganz tofreden un dach, nu weern wi dörch mit dat Thema.

Over ik weer an 't Sinneern: „Sowat geiht??" Un ik dach an de twee Höhner, de Opa een Dag tovör slacht' harr. Un de Gedanke, dat de in 'n Kookputt dat Gackern wedder anfangt, de gefull mi överhaupt nich.

„Nee, nee, dat güng blots bi Jesus!", sä Opa gau. Du weetst doch: He is de Söhn vun 'n leven Gott. Un dorüm kann blots he sowat!"

Minsch, dach ik, denn hett Jesus jo tweemol Geboortsdag! Un de Hilligen Dree Könige mööt denn nochmol mit Geschenke anrücken! Mann in de Tünn! Over ik weer denn lever still – Opa keek al ganz untofreden. Un för wat weer en tweten Geboortsdag denn ok goot? Nu stünn doch eerstmol dat Eiersöken an Oostern vör de Döör!

Oostersünndag. Ik keem ut de Puuch, un mien Öllern

säen: „Du, de Oosterhoos is al dor ween! Wi hebbt em jüst noch weghoppeln sehn! Man gau waschen un antrecken!" Dat leet ik mi nich tweemol seggen. Un ratz-fatz güng dat af no buten.

De Eier heff ik fix funnen. Bet op een. Vadder sä nämlich: „Ik glööv, een fehlt noch!" Un ik söch un söch, kunn over nix mehr finnen ... Doch! Een weer dor noch! Un dat harr de Oosterhoos direktemang ünner en Holtplank afleggt, wo 'n groten, spitzen Nogel – mit ganz veel Rust an – rutkieken dee.

Ik griep mi dat Schoko-Ei, jump hooch vör Freud un: ratsch! Rin in den Nogel! Dree Zentimeters över 't rechte Oog is he in de Huut rinsuust. Un ik heff blarrt! Müss no 'n Dokter hen un kreeg 'n Sprütt.

Vele Johrn loter, jümmer wenn mi dit Malöör mit den Nogel in 'n Sinn keem, denn weer mi so, as harr ik nu ok tweemol Geboortsdag. Kiek, un wenn de Winter vörbi is, denn duert dat nich mehr lang, un Oostern is wedder dor. Over ik segg di wat: „Von Geschenken bitte ich abzusehen." Ik heff jo dat twete Oog behollen. Dat is mi Geschenk noog.

Mit Sultan op Tour

In so 'n lütt Dörp as dat, wo Korl wohnt, dor leevt de olen Traditschoonen noch. An 'n Ovend vör Pingsten, dor treckt de Jungkeerls (un de, de sik al dorför hool'n doot) los no dat Moor un soogt dor lütte Barkenbööm af. De warrt denn bi de Deerns in 't heirotsfähige Öller opstellt – gegen „Bewirtung", versteiht sik.

Ok so 'n richtige Vadderdags-Tour mit Peerd un Wogen un Beerkist höört to dat Traditschoons-Programm in Korl sien lütt Dörp. Dat Peerd heet Sultan, un dat Beer, dat is dat, wat jümmer so schön „plopp" seggen deit.

Man denn keem dat „Tiefdruckgebiet Christiane" vun de Noordsee röver un vermassel jem allens. Dat regen Hunnen un Katten, un Korl müsst al an 'n Vöravend bi sien olen Mackers Kurt un Gerhard aftelefoneern. Se schullen sik man gor nich eerst op 'n Padd moken. Blots Sultan, de weer heel tofreden. Vadderdag in 'n warmen Stall, beter kunn dat för em gor nich komen. Mit de dunen Keerls weer he al foken noog dörch de Lannen karjoolt, un en Peerd vun dörtig (!) Johrn, dat dröff jo ok mol 'n Johr utsetten.

Nu wullen Korl, Kurt un Günter de Tour over partuu noholen – an 'n Pingstmoondag. Liekers dat Pingsten no Korl sien Dagmar ehr Meenen wat för de Familie weer. Over se hebbt denn 'n Hannel mookt: För de Kutschtour an 'n Moondag geiht dat vörher Sünndag no Helgoland – „keine Widerrede!"

Korl op 'n Schipp, du, dat passt so goot tosomen as Lenin un de Papst. Un kiek – wohrhaftig! Kort achter Cuxhoben bruus de Noordwest op, un de Lüüd hungen över de Reling. Korl weer mit bi de eersten. Torüchföhrn güng eerst loot an 'n Ovend, de Wind bloos noch to dull. So weern se denn eerst loot in de Nacht wedder to Huus. Un Korl, de weer „starvenskrank"...

Klock acht annern Morgen stünnen Kurt un Günter vör de Döör: Nu over los! Un wat en echten Keerl is, de ritt sik tosomen – Korl harr sik jo dat ganze Johr op de Tour freut. Blots Sultan, de harr keen Lust. He dee so, as harr he wat mit sien Been un lahm op de linke Siet un keek sik jümmer wedder üm, as wull he seggen: „Na, föhrt wi nu torüch no Huus?" Man, no den eersten Kilometer geev he op un hett denn in den tweten Gang hoochschalt'.

„To Pingsten, ach wie scheun. Wenn de Natur so greun ..." So geiht dat Leed, un so kann man dat uthooln. In de Natur op de Kutsch, un mol seggt dat „plopp" un denn seggt dat wedder „plopp" un denn wedder ... Man, de Sünndag, de weer doch to anstrengend ween un de Nacht to kort. Un dat Beer smeck to goot ... Korl slööp op de Kutsch in! Dor hölp gor nix mehr, Kurt un Günter kunnen so veel rütteln, as se wullen. Un se kennen sik doch nich ut, dor merrn in 't Moor ...

Nu over weer Sultan sien grote Stünn komen. He güng ohn Kommandos twee Kilometers över de Weeg dör 't Moor, jümmer Kurs Heimat. Dat gode Deert harr sik den ganzen Weg mit all de Krüüzungen markt un hett alleen wedder torüchfunnen, bet no de Landstroot.

Tohuus geev dat denn en Extra-Portschoon Wutteln för Sultan, un Korl kreeg en Extra-Portschoon Utschimpers. So, as de Traditschoon dat hebben will. In Korl sien lütt Dörp ...

To Pingsten in'n Stau

„To Pingsten, ach wie scheun ..." Dat Leed vun Hein Köllisch, dat kennt meist jeedereen in Hamborg. Un höllt sik dor natürlich ok an. Maibüx antrecken, un rut in de Natur oder no de See hen.

Ok de lütte Carsten vun uns Novers op 'n Dörp kummt mit op Pingsttour. Sien eerste Pingsttour! Un veer Wöör kann he al seggen: „Ma-ma", „Ba-ba", „Au-to" un „Swienhund" („Wien-hund" seggt he natürlich). Is dat nich goldig? Jo, wenn sien Vadder wieder so veel schimpen deit, denn ward de Lütte noch 'n Barg Wöör lehrn, de he loter in 't Leven goot bruken kann ...

Wolfgang will sik wedder mit 'n Fründ tosomen op 'n Padd hen no de Oostsee moken. He freut sik al düchtig ... Nee, nee, nich op de See, nee. Dat Best an so 'n Pingsttour is för Wolfgang de Stau op de Autobohn. He höört nämlich mit to de fiefuntwintig Perzent vun de Düütschen, de geern in 'n Stau stoht. Nix röögt sik. Nix geiht mehr. Keen Jogen, keen Jachtern. Dat is Urlaub pur! Verleden Johr hebbt Wolfgang un sien Fründ in 'n Stau sogor noch 'n drüdden Mann to'n Skot spelen blangen de Autobohn funnen, un twee smucke Froons ut Hamborg-Eppendörp kennen lehrt. De hebbt för de beiden denn ehr Telefonnummern opschreven. Man, an 'n Strand weer de Wind so dull, dor is

Wolfgang de Zeddel wegweiht. So 'n Schiet!

Martin ut Eimsbüttel kriggt to Pingsten jümmer Besöök ut Polen. Dor kummt sien Fro nämlich her. As ehr Familie domols to'n eersten Mol in 'n Westen weer, kunnen se bi Martin sien Wohnung partuu keen Parkplatz finnen un müssen den Wogen ganz woanners afstellen. Düütsch kunnen se noch nich veel, dorüm hebbt se sik den Noom vun de Stroot, wo dat Auto parkt weer, opschreven, dat se dat ok goot wedderfinnt. Ganz stolt wiesen se Martin den Zeddel: „Einbahnstraße" ...

Kurt un Günter mookt en Tour mit 'n Fohrrad no Korl sien Buernhoff. Mol kieken, woans dat so de Deerten geiht. Sultan, dat Peerd, ward 'n groten Smacht hebben, so as jümmer. De kriggt de Brootresten. Un Troubadix, de Junghohn, de warrt nu woll de Macht övernehmen op Korl sien'n Hoff. 'n half Johr hett he dat Kreihen traineert, achter 't Huus, in 'n Vörgoorn. Wenn Troubadix nämlich op 'n Hoffplatz kreihen wull, denn keem de ole Hohn glieks ansuust, un Troubadix kreeg 'n Jackvull!

Un du? Wat mookst du so to Pingsten? Op Besöök gohn, op 'n Balkon sitten, no de See hen föhrn oder rut in de Natur? Na, villicht seht wi uns jo in 'n Stau. De Skot-Korten heff ik al inpackt ...

Peperkoken

De Harvst is dor, un kuum sünd de eersten Appeln riep, denn sünd de Lodens wedder vull mit Krimskraams för Wiehnachten – Spekulatius, Stollen, Peperkoken. Ik will dor denn noch gor nix vun weten; is jo veel to fröh. Nu kann ik noch keen Adventsstimmung bruken. Un ji kööpt de Dinger natürlich ok nich. „Nee, nee, in 'n Harvst doch noch nich!"

Datsülvige Phänomen as bi MäcDonäld's: Nüms geiht dor hen, un de Loden is doch jümmer vull. Man, wokeen köfft den Kroom denn? Een heff ik mol foot kregen: mien'n Fründ Wolfgang! He stünn in 'n Supermarkt an de Kass un harr en Tuut Peperkoken op dat Förderband leggt un ehr schön mit 'n grote Pizza un 'n Barg Gröötüüch tarnt. So kreeg nüms vun de Kunnen den Wiehnachtskroom to sehn.

Over denn passeer dat Malöör: De Peperkoken harrn keen Priesschild, un so 'n moderne Scanner-Kass mit 'n Streek-Code op de Tuut geev dat in den Loden noch nich. Also bölk de Kassererersche no ehr Kollegin röver, as weer se von Sinnen: „Du, Tina!! Wat kosten denn die Pfefferkuchen??" De Antwoort keem vun en Kunnen an de twete Kass: „Zwei neunundneunzig", sä de seriöse Herr in 'n düüstern Antog, man en junge Deern – mit 'n Ring dörch de Nees, Buuknovel free – de wüsst dat beter: „Zwei neunundsiebzig! Die sind im Sonderangebot ..."

Buten müsst ik eerstmal deep Luft holen. Wolfgang stünn in en düüstere Eck achter de Post un harr jüst de Tuut opreten. „Na goot", sä he, „ik geev dat to. Ik bün bi de Anonymen Peperkoken-Eters. Moondag, 15. September droopt wi uns in 'n ‚Ratsweinkeller' to'n Adventskaffee. Klock twee, merrn in de Nacht. Un Klock dree is ‚Bescherung'. Du, koom doch ok!"

Nee.
Ik güng wieder un schüddkopp los ...

Un ji, leve Lüüd? Nee, keen Bang! Ik warr nich frogen. „Nee, in'n September doch nich!" wöörn ji seggen.
Over – psst! Koomt doch mal wat neger ran ... Wi sünd jo hier ünner uns. Ik heff nämlich 'n lütt Problem:
Mi sünd jüst de Oostereier utgohn ... Un bet Oostern, dat is noch en grääääsig lange Tiet ...

Novemberwedder

„Heute neblig-trüb. Die weiteren Aussichten: Morgen überquert ein Regengebiet Hamburg. Am Sonnabend wieder neblig-trüb und etwas milder." Is doch spannend, so 'n Hamborger Schietwedder, wat?

An'n dullsten freut sik dor de Bazillen över – hatschi! Man, ik heff dat al achter mi, dat mit de Bazillen. Un nu, in'n November, bün ik immun, tominnst bet April. De Bazillen sünd 'n poor Stroten wiedertrocken un hebbt sik Wolfgang vörnohmen. Hosten, Snööv, Wehdoog in'n Hals un allens, wat sünst noch dorto hören deit. Man, he nimmt dat mit Humor un hett nu mol richtig Tiet för sien Fotoalbum un kann all de schönen Biller vun verleden Johr sorteern un in't Album rinbacken.

Kiek hier, dat is de Reha-Klinik in Bad Bramstedt. Wolfgang sien Anja, de weer dor to Kur. Schöne, warme Sommerdoog weern dat. Nachts müsst een dat Finster jümmer wiet open stohn loten, dat de Warms ok wedder rut kunn. Un nu passeer dat: Merrn in de Nacht wook Anja op un höör wat kauen. Weer dor woll een instegen? Nee, so wiet boven un keen Balkon, dor kunn nüms instiegen. Se dreih sik wedder üm.

Dat Kauen keem wedder! Wokeen kau dor blots so luut?

Oder harr se dat dröömt? Hm. Gediegen. Se dreih sik nochmol üm. Man, in dissen Ogenblick verjoog se sik gewaltig! Dor weer wat bi ehr in't Bett. Puschelig weer dat un fuchtel bi ehr in't Gesicht rüm. Nu over gau dat Licht an!

Se kreeg grood noch den Steert vun 'n Katteker to sehn, un de Katteker, de harr sik tominnst jüst so dull verjoogt as Anja. Hest-du-nich-sehn suus he över 'n Disch, neih ut, to'n Fenster rut un joog den Boom hooch.

Jesus-Maria, so gräsig harr Anja sik al lang nich mehr verfehrt! Man, as de eerste Schrecken vörbi weer, dor müsst se doch lachen: De Katteker harr Anja ehrn ganzen Töller mit Eerdberen leddigfreten. Dat is also dat Kauen ween! In de neegste Nacht hett Anja den Katteker opluert, as Heinz Sielmann fröher. Mit 'n Fotoapparoot, un mit 'n Töller Eerdberen. De Katteker hett sik over nich mehr sehn loten. De is nu seker Eerdbeer-Abstinenzler worrn.

Dat Foto mit den Eerdbeer-Töller, dat kummt in't Album rin – so! Un nu goht ji man ok mol bi un kleevt ok mol de Biller in. „Neblig-trüb" oder „bewölkt mit Regen", dat is akroot de richtige Tiet dorför!

Dat Märken vun Prinz Stefan un König Stau

König Stau ... Wat is dat denn för 'n Noom? Un in wat för 'n Land mag disse König woll regeern? Pass op, de Geschicht fangt in't Weltall an.

Dor is mol en lütten Prinz ween, Prinz Stefan op den Planeten XXS. Un de lütte Prinz sä to sien Hoffnarren Anton: „Du, Anton, kannst du mi wat molen?"

„Na, kloor," anter Hoffnarr Anton, „wat schall dat denn ween? Schoop kann ik goot."

„Nee, nee, keen Schoop, de sünd *out*. Total *uncool*. Mol mi man en Stau!" Un Hoffnarr Anton moolt em en Stau, mit ganz vele Autos: VW, Trabbi, Rolls-Royce ... vun allens wat. Alle Stroten dicht, un all sünd se an't Hupen. De lütte Prinz weer reinweg ut de Tüüt – Mann, in de Tünn! So 'n schönen Stau harr he noch gor nich to sehn kregen!

Nu wull he ok sülvst mol 'n Stau moken, eerstmol mit sien Modell-Autos in de Sandkist. Un Hoffnarr Anton, de müsst de Autos ranschaffen, mehr un mehr un mehr. „Noch MEHR!" reep de lütte Prinz, un amenn weer de ganze Sandkist vull. Un Hoffnarr Anton müsst för em hupen: Biep, biep! Un schimpen! „Blöde Sau!" un sowat. Anners is dat jo keen richtigen Stau.

An'n neegsten Dag müsst sik dat ganze Personool buten

vör de Muer vun 't Slott opstellen, un bi so Königs, dor kummt di wat tosomen: De Hoffdeeners, dat Kökenpersonol, de Goorners, de Zofe, de Rietlehrer, un sogor dat Gespenst! Se all müssen sik in en Go-Cart rinsetten un hupen. Un de Hoffnarr Anton, de müss dat allens op Video opnehmen. Un so kunn sik de lütte Prinz denn jeedeen Dag sien allerleevsten Stau op Video ankieken.

Man, Stefan, de lütte Prinz, de bleev nich lütt. Un enen goden Dag, dor is de ole König sturven, un de lütte Prinz schull sien Nofolger warrn, op den Planeten XXS. De lütte Prinz hett denn eerstmol den Hoffnarren Anton wegrationaliseert, de is em to oolt ween mit sien fiefundörtig Johr, is jo kloor. Un de Hoffnarr Anton weer natürlich al „swoor vermiddelbor", sä de Arbeitsagentur. Eerstmol: He harr jo blots Hoffnarr lehrt, sünst nix! Keen EDV, keen Internet, keen Utlandserfohrung ... Jo, un denn: Wokeen wull en Hoffnarren mit fiefundörtig Johrn noch hebben? Na, toletzt is he denn bi't Privat-Fernsehen ünnerkomen un kreeg dor en *Late Night Show*. Over dat blots an'n Rand, wi koomt hier ganz vun't Thema af ...

Denn dat geiht jo üm den lütten Prinzen, Stefan vun XXS. De wull nu nich mehr Stefan heten, un he nähm den Titel „König Stau de Eerste" an. Un denn müsst he en Reed hollen un in disse Reed allens mögliche verspreken. Mehr Lehrers, mehr Polizisten, mehr Rosinen in't Brot un natürlich: mehr Staus! „Und das möchte ich hier mit aller Entschiedenheit betonen," sä de ne'e Regent, denn sünst is so en Reed nich komplett. Man, de Ünnertanen weer dat teemlich egol, se wüssen jo: Mit dat Verspreken, wenn een rankomen is, dat is sowieso blots Humbug. Un König Stau de

Eerste wünk vun'n Balkon rünner, un ünnen geev dat en Huupkonzert.

So 'n Könnigriek regeern, du, dat kann ganz schön anstrengend ween! Dorüm güng König Stau de Eerste ovends geern mol in de Boodwann rin, to'n *Reläxen*. Vele Lüüd höört sik in de Boodwann ja geern mol 'n beten *Reläx*-Musik an, Kuschel-Rock un all sowat. Over König Stau weer vun en anneret Kaliber. He hóör sik an'n leevsten den NDR-Verkehrsfunk in't Radio an. Un wenn denn de Kollaustroot un de Holsteener Schossee un de Alsterkroog-Schossee so richtig schön verstoppt weern, denn hett he sik jedet Mol 'n Glas Schampus ingoten. Un hier, in de Boodwann, kreeg he sien allerbeste Idee: Staus exporteern! Jo, dat weer en Hannel mit Tokunft! Un dat *is* en Hannel mit Tokunft! De Planet XXS hett utsorgt. Överall hen exporteert se Staus: No Italien, no Frankriek, no Düütschland, un ok mit China un Vietnam hebbt se al Verdrääg! Also, wunner di nich. Wenn de Alsterkroog-Schossee mol wedder dicht is, dat is ganz alleen de Schuld vun König Stau.

Oder?

Dat Märken vun 't Glück
oder:
In'n Ogenblick geiht dat jüst nich ...

Dor is mol en Mann ween, de wull mit 'n Tog vun Hamborg no Glückstadt föhrn. Dorüm güng he no'n Bohnhoff hen, un dor is he denn op en Bank op'n Bohnstieg sitten gohn un hett töövt. De Tog keem an, un de Schaffner sä to den Mann: „Stieg man in! Hüüt kannst du för ümsünst föhrn!"

„Ach, weetst du", sä de Mann, „ik glööv, ik fohr doch leever eerst in twee oder dree Moonden. Nu in'n Ogenblick geiht dat jüst nich. Un dorvun mol afsehn: Ik heff ja al mol in en Bus no Glückstadt binnen seten. Naja, twoors is de Bus nie nich losföhrt un steiht nu in 't Museum, over ik heff to Huus noch fief Fohrploons vun den Bus no Glückstadt."

„Na, dat muttst du sülvst weten. Rinprügeln warr ik di nich", anter de Schaffner. Un denn hett he fleut', un de Tog is losföhrt.

De Mann over is wedder opstohn un no Huus gohn, un dor hett he denn de olen Fohrploons studeert; Fohrploons, de al lang nich mehr gellen deen. No so'n veer-fief Moonden hett he sik amenn doch noch dörchrungen un een vun de Fohrploons wegsmeten. De annern kemen torüch no den groten Schohkarton, wo se to Huus weern, bi Lottoschiens, Artikels ut de Zeitung un ole Fotos vun Oostern negenteihnhunnert-icks. Viellicht weer dat ok Pingsten.

De Mann harr nu lang noog överleggt un weer proot för en Tog no Glückstadt. Dorüm güng he wedder hen no 'n Bohnhoff.

Man, dor säen se em, mit de Töög no Glückstadt, dor harr dat nu en Enn. Dat geev blots noch Ossenkarren. De weern dreedubbelt so düer as fröher de Töög. Ünnerwegens gäven se ok geern mol den Geist op, un vele vun jem kämen överhaupt nie nich in Glückstadt an.

Also nee, dat weer nix för den Mann. Vun so half kaputte Ossenkarren, dor wull he natürlich nix vun weten. Nee, he dacht sik: Enen goden Dag kummt de Tog no Glückstadt seker noch mol vörbi! Un dorüm is he jümmer mol wedder no 'n Bohnhoff henstevelt un hett dat versöcht, un wedder un wedder.

Bet dor 'n poor Arbeiders komen sünd, un de hebbt den ganzen Bohnhoff afreten ...

Mehlmotten in de Köök

„Ach, du kriggst de Motten!" seggt de Lüüd. Tjä, un ik bün een dorvun, vun de Motten ... Gestatten: Manni Mehlmott is mien Noom. Bi Hans un Franz sitt ik in 't Kökenschapp un hau mi den Buuk mit Mehl vull.

Mien Arbeit is over nich jüst licht - jümmerto mutt een op 'n Kiewief ween! De Lüüd sünd bannig unfründlich to uns Mehlmotten! Mol haut se mit de Zeitung üm sik, annermol goht se mit 'n Huulbessen achter mi ran! Man, bet nu is jümmer noch allens goot gohn.

Egens ... egens weern wi ja mit dree Mann hier in de Köök: Günni, Joochen un ik. Joochen – de hett utflattert. Sühst du den griesen Placken, dor op de witte Tapeet? Joochen, de harr to veel Müsli freten un wull mol eben op de witte Tapeet „Foffteihn" moken ... Oh, nee ... loot uns vun wat anners snacken ...

Weest du, ik harr ja mol Lust op en anständige Currywust. Jeedeen Dag Mehl un Müsli – du, dat kummt een toletzt bi de Ohren wedder rut.

Over morgen! Morgen flatter ik mit mien Fründ Günni na de Spieskomer rin – no de flotten Motten-Deerns mang de mohlten Manneln! Denn ward Hochtiet fiert, un uns Deerns leggt 'n Ei in 't Kantüffelmehl.

Günni, de freit sik dor al op. Tööv mol ... woneem is Günni denn egens? Günni?? Günni!! Günni, pass op! De Flegenklatsch kummt!

(PATSCH!)

Günni ... Minsch, Günni, wi wullen doch noch tosomen Currywust eten ...

Fleeschklüten

„Guten Morgen, Herr Schlichting! Ich komme zum Waschen!" Guten Morgen? Worüm denn guten Morgen? Is de Nacht al to Enn? Wat seggt de Wecker? De Klock is eerst fief! Jüst hett Opa Schlichting noch so fein dröömt. Vun dicke Zigarren. Klock fief – so fröh müsst he nich mol rut, as he noch sienen lütten Loden harr.

Brrrr! De Swester hett jo ieskole Hannen! Un dat Woter is veel to natt! Tominnst för Klock fief! „Nnnnnee! Ik ... ik wwwill nich!" Dat Snacken fallt Johann Schlichting swoor no sienen Slag-Anfall. Ok allens annere fallt em swoor. Dorüm hebbt se em in 't Pleegheim bröcht: „Seniorenhaus Sonnenschein".

De Swester hett keen Tiet: „Nun kommen Sie endlich! Mensch, Herr Schlichting, Sie werden auch immer schwerer. So, jetzt wollen wir uns aber schön waschen!"

„Wwwwi? Wi beiden tosomen?" strohlt Johann Schlichting. „Sie hier, und ich wasch mich nachher zu Hause!", antert de Swester giftig.

Johann Schlichting sien Tohuus is nu *Zimmer 309*. Dat Huus, wo he in leevt hett, dat schall afreten warrn. So will dat de Swiegersöhn. En groten Neebukomplex schall dor hen, un dat Huus steiht in'n Weg. Fehlt blots noch de Ünnerschrift vun Johann Schlichting – dat Formular liggt al op'n Disch ...

In de Stuuv blangenan wohnt Fro Abromeit. Af un an is se teemlich dörch'n Wind: „Morjen kommt mejn Mann aus Keenichsberch!" seggt se denn, „da arbejtet 'r bejm Zoll!" – De arme Fro, denkt Johann Schlichting. Ehr Mann is doch al doot. Un dorvun is Fro Abromeit tüdelig worrn – so hebbt de Swestern em dat vertellt. Un denn is dor noch Herr Höschele ut Möhringen-Untermuggenweiler. „Bringsch mir ä mol e poor Mauldäschle?", froogt he de Swestern jümmer wedder. Morgens, middags, ovends: Mauldäschle ...

Ach jo, dat Eten, dat smeckt Johann Schlichting jümmer noch goot. He ward runder un runder. Wenn dat to Middag Fleeschklüten geven deit, denn kennt Johann Schlichting keen Torüchhollen mehr: Mmh, Fleeschklüten! De sünd meist, as harr Johann sien selige Anita de torechtmookt. Un dat Foto op 'n Nachtdisch seggt: „Loot di dat man smecken, mien Jehann!"

De ne'e „Zivi" in 't Huus heet Jörg. Nülichs hett he en Buddel Sekt för Johann Schlichting rinsmuggelt. Roden Sekt, dat schull partuu roden Sekt ween. „As dddee Llleevde", strohl Johann Schlichting. „Sssech mol, hhhesst du 'n lütte Fründin, Jörg?"

„Jo, Cathrin heet se."

„Mmmmönsch! Kkkatrien!" Un Johann Schlichting strohlt noch mehr. Den Sekt will he natürlich sülvst opmoken, versteiht sik. Un – peng! De Proppen, de geiht los, un de Knallkööm sprütt ut de Buddel rut un mookt 'n groten roden Placken an de Wand. „Dddu llleeve Tiet!" lacht Johann Schlichting. Jo, he lacht. Un denn stööt de beiden an: „Op dien Kkkatrien!“

De Doog in ’n November, de sleept sik so dorhen. Man, hüüt gifft dat Fleeschklüten. Fein! – Och, kiek an. De Herr Swiegersöhn kummt op Besöök. Nee, du, dien Formular kannst di an ’n Hoot steken, denkt Johann Schlichting. Mien Ünnerschrift kriggst du nich! Un kiek nich so dösig, dat is ’n ganz normolen Sektplacken an de Wand. Jo, jo, kloor, he hett nich veel Tiet. Jo, bet anner Mol. „Tttschüüs!“ Un de Döör geiht wedder to.

Man, de Döör is dünn. Buten, op ’n Gang, snackt de Swiegersöhn noch mit Jörg. „Is woll nich jüst licht mit den olen Knacker, wat? Hier hest fief Euro. Minsch, de Ool ward jo jümmer fetter. Un snacken kannst ok nich mehr vernünftig mit em. Is meist blots noch ... blots noch, ja, ’n lebennigen Fleeschklüten, mehr is he doch nich! Heff ik nich Recht? Tschüüs ok.“

Wat hett de Swiegersöhn seggt? Fleeschklüten? ’n lebennigen Fleeschklüten? Johann Schlichting blifft dat Eten in ’n Hals steken. Tronen fallt dol. Gott, fix afwischen! En Johann Schlichting, de weent nich. Nee, nee, bi de Beerdigung vun Anita, dat weer wat anners; dat weer blots vunwegen den kolen, oosten Wind ...

Jümmer afrackert, dat ganze Leven, un nu sowat. Nix harr he, as he ut ’n Krieg torüchkeem, nix! Dat Huus: platt! De Öllern: doot! Un denn möök he tosomen mit Anita den lütten Loden op. Jungedi, dat weer ganz schön riskant! Over allens mit de egen Hannen opbut. Ok dat lütte Huus. Un nu schall dat weg. Steiht in 'n Weg. Un ik, denkt Johann Schlichting, ik bün ok in 'n Weg ... „Hhhier, Jörg. Nnnee, nnnehm den Kkkroom man mit. Ik eet nnnix mehr. Nnnnee ..." Dree Doog lang sitt Johann Schlichting dor. Un stiert dörch dat Fenster no buten. He strohlt nich mehr. Un seggt nix. Blots af un an „Fffleeschklüten ... jjjoo ..." He itt ok nix mehr. Ok keen Fleeschklüten. Dat Formular op 'n Disch, dat hett he ünnerschreven. Nu köönt se Johann Schlichting sien Huus afrieten ...

* * *

En Week loter bringt se em no 'n Karkhoff hen, un *Zimmer 309* warrt utrüümt. Vun Johann Schlichting blifft blots de rode Placken an de Wand no. Wieter nix.

Un denn kummt de Moler un witschert den över ...

Ute in de U-Bohn
(En Szene ut dat fröhere Single-Leven)

Annerletzt, dat weer-wedder-Stress-pur, keen-Paus-mookt,

wi-stünnen-ganz-schön-ünner-Druck, un-de-Boos-weer-an't-Quengeln,

denn-güng-ok-noch-dat-Fax-twei, Jungedi, un-bi-uns-Boos-goht-denn-de-Nerven-dör,

worüm-mutt-de-ole-Kassen-nu-jüst-tweigohn, un-dat-Reservefax-weer-ok-al-in-Reparatur,

köönt-ji-hüüt-Ovend-noch-twee-Stünnen-länger-moken? Jo-natüürlich,

dor-kann-een-doch-nich-nee-seggen, un-denn-hebbt-wi-dat-doch-noch-schafft,

un-dat-geev-doch-noch-Fierovend, ik-harr-dor-al-nich-mehr-an-glöövt.

Un-denn-wull-ik-blots-noch-no-Huus, wieder-nix, man-denn-stünn SE dor.

Op
den
Bohnstieg
bi de U-Bohn.

Ute.
Ik bün mi seker, se heet Ute.
Villicht kickt se jo mol no mi röver.

Oh, un ik bün nich raseert!
Heff dat nich schafft vunmorgen, deit mi Leed, Ute.
Dor, se kickt no mi röver. Dorbi is hier op den vullen Bohnstieg nu wirklich Utwahl!
Se leest en Book. Man, liekers hett se no mi röverkeken. Ganz seker!
Oder doch nich? Hett se blots no de Bohnstiegklock röverkeken?
Ik mutt mi mol annerswo henstellen. Weg vun de Klock, denn kann ik dat rutfinnen.
Ik verswinn eerstmol achter 'n Pieler.

Wat se woll för 'n Book leest?
Op jeden Fall höört se to de to, de noch Böker lesen doot. Dat is doch al wat.
Kiek, nu söcht se wat. Mit de Ogen. Söcht se amenn mi?
Ik koom wedder achter den Pieler vör. So rein tofällig natüürlich.
Kickt se no mi röver? Nee, kontrolleern kann ik dat nu nich. Dat wöör opfallen. Nee, ik warr ehr blots mol tofällig ankieken, mol seggen, so in twölf bet föffteihn Sekunnen ...

Oh, de Bohn kummt.
Villicht stiegt wi jo bi desülvige Döör in?
De Bohn kummt so to stohn, dat ik akroot twüschen twee Döörn bün.
Nee, ik nehm doch nich Ute ehr Döör. Dat fallt jo op.
Ute geiht sitten. Ik stoh. Strategisch günstig – kann ehr sehn.
Se schüert sik de Ogen. Seker is se mööd.

De Bohn föhrt los. Ute leest wieter.

Nu müsst een de Bookstoven ut ehr Book ruthexen un dor denn ganz wat anners rinhexen, to'n Bispeel: Ich würde dich gern kennen lernen.

Oh, nee! Blots nich. Nee, dat is veel to direkt,
ok wenn dat stimmen deit.

Dor! Se hett no mi röverkeken.

Se harr jo ok wieterlesen kunnt, over nee – se hett herkeken.

Een Sekunn. Denn leest se wieter.

Hett se wohrhaftig mi ankeken? Villicht weer dat blots Tofall? Villicht hett se den Linienploon söcht?

Nu kunn ik ehr jo ok mol ansnacken. Man, nich raseert un mööd? Risiko ...

Villicht morgen. Jo, genau! Morgen is seker beter!

Blots ... Lüüd in de U-Bahn, de dröppst du nich tweemol. Nee, wi warrt uns nie nich weddersehn. All de Lüüd, de in dissen Waggon sünd, de warr ik nie nich weddersehn. Veertig Lüüd – seker sünd dor ok 'n poor nette mit bi. Man, wi stoht blangenenanner un seggt nix.

Un ik denk so:

Ute, wat mookst du vunovend? Töövt dor een op di?

Wat wörr se woll seggen?

Antwort a) Geiht di nix an.

Antwort b) Nee. Man nu hebbt wi beiden uns amenn doch noch funnen!

Oder Antwort c) Hest du den Ring an mien Finger nich sehn?

Nee, 'n Ring hett se nich. Antwort c fallt al mol weg.

Un denn: Ute, woans süht uns' Tokunft ut?

a) Wi hebbt keen Tokunft. (Oh, je!)

b) Holl dien Snuut, ik lees.

c) Oh, mien Schieter, wüllt wi nich uns Plünnen tosomensmieten?

Jo, geern! Un, Ute, segg mol, du, mien beiden Goldfisch, gegen de hest du doch nix, oder?

a) 'n gollen Armband is mi lever.

b) Froog man eerstmol mien Katt.

c) Fisch mag ik an'n leefsten mit Kantüffelsaloot.

Ach, egool, Ute. Wi beiden, wi warrt dat allens henkriegen. Wi beiden, wi schafft dat. Mien Zuckersnuut, mien *Hartblatt* ...

Ach, du leve Tiet, en Keerl sett sik bi ehr hen un küsst ehr!

Nee ... Ute ... Nee, segg, dat is nich wohr. Vun DEN Blödi lettst du di afslabbern?

Seker is he so 'n aalglatten Aktien-Fuzzi, de di blots mit 'n DAX vullsabbeln deit.

Ute, en Leven in Langewiel steiht di bevör!

Wi beiden warrt nich tosomen in 'n Moondschien spazeern gohn.

Ik warr di nich opwarmen, wenn du dörfroren no Huus kummst.

Un, wi warrt nich tosomen „Schlaflos in Seattle" ankieken ...

De beiden stiegt ut. Ute kickt mi an. Ganz kort. To'n letzten Mol.

Minsch, Ute. Överlegg di dat nochmol! Ik bruuk en Happy End in disse Geschicht. Ik will de doch inschicken, no 'n Verlag. Ik lood di ok in, wenn dat druckt warrt ...

Morgen ovend bün ik wedder dor, op 'n Bohnstieg!

Gleis dree.

Raseert!

Nee, se höört mien Gedanken nich ...

De Weg vun de Bohn no Huus is düüster.

Natt.

Un koolt.

Mien Wohnung is leddig.

Man, de Anroopbeantwoorter, de is vull: Kannst-du-nochmal-kommen,

da-ist-noch-was-schiefgegangen-mit-dem-Computer-und-Frau-Axmann-hat-sich-den-Arm-gebrochen, am-besten, du-kommst-gleich, wir-brauchen-dich-hier ...

Uff!

Jo, jo.

Bün al ünnerwegens ...

Katja kriggt nix af

Minsch, dat weer di wat, verleden Johr! So 'n Malöör!

Eerst güng noch allens no Ploon. So, as jümmer, harr de Wiehnachtsmann all de schönen Geschenke op den groten Sleden verstaut un sien Ren-Tieren dorvör spannt. För Jan un alle Mann weer wat in den Sack binnen; ok för di un för mi. De Wiehnachtsmann keek sik allens an: Dor stimm wat nich! Dor weer wat verkehrt. Over wat? Nee, he kunn nix finnen.

De Snee weer wunnerbor, de Sleden frisch poleert, un ok de Ren-Tieren, de güng dat allerbest. Na, denn man los!

Den halven Weg harr de Wiehnachtsmann al achter sik, dor markt he, wat verkehrt weer. He harr dat Geschenk för de lütte Katja vergeten! Se wull doch so geern Ieslopen un wünsch sik en poor witte Strietschoh, un nu harr de Wiehnachtsmann nix för ehr ...

Katja stünn an 't Fenster, keek na buten un weer an't Drömen. Ieslopen! Ja! Morgen, an'n eersten Wiehnachtsdag, dor wull se tosomen mit Mama un Papa no 'n lütten See achter jem ehrn Buernhoff hen, un denn wull se Strietschoh lopen lehrn!

Over de Wiehnachtsmann keem nich. Wat weer blots los mit em? Klock fief ... Klock söss ... Klock söven ... Acht ... Nix. Keen Wiehnachtsmann! Katja weer mööd un güng trurig no Bett. Bannig trurig. Ok de Öllern wüssen sik keen Root. Weer de Wiehnachtsmann to Malöör komen? Weer he in en Schossteen steken bleven? Weer de Sleden tweigohn? Katja ehr Vadder sä: „Schallst mol sehn, de Wiehnachtsmann hett nich allens schafft un kummt morgen ..."

Ganz fröh, dat weer noch düüster buten, dor keem de Wiehnachtsmann wedder no sien Tohuus torüch. Düchtig afrackert harr he sik. Un veel Freud harr he bröcht. Blots no Katja harr he nix henbröcht.

Dat Paket för Katja, dat funn he ünner sien Bett! Minsch, worüm harr he nich beter oprüümt vör Wiehnachten!

To'n Fröhstücken fehl em de Appetit. „De arme Katja is seker ganz trurig", dacht de Wiehnachtsmann. Un dorüm hett he sik stantepee nochmol op den Weg mookt – mit de Strietschoh hen no Katja.

Nu weer dat al Middag. Katja seet vör den Wiehnachtsbroden, man, de wull ehr nich smecken. Dor pingel dat an de Huusdöör! Un rin keem en dicken Mann in 'n roden Mantel, en Paket ünner'n Arm. „Hurra! Dat sünd mien Strietschoh!" jubel Katja, „un ik dacht al, du hest mi vergeten!"

Katja ehr Öllern, de hebbt den Wiehnachtsmann denn to'n Middageten inloodt. He harr ok al düchtig Smacht! Un no den leckeren Wiehnachtsbroden güngen se all tosomen no den lütten See röver. Dor danz de Wiehnachtsmann mit Katja ehr Mudder Walzer op dat Ies. Un Katja un ehr Vadder, de hebbt düchtig klatscht.

De Ren-Tieren hebbt natüürlich ok wat to freten kregen. Un denn geev dat för den Wiehnachtsmann en Notizblock vun Katja: „Dat du mi nich nochmol vergeten deist!" lach se. „Un mook mol wedder kloor Schipp bi di to Huus!"

De Wiehnachtsmann bedank sik un sä „tschüüs" un „hü", un denn weer he weg.

Annern Morgen is Katja denn ganz fröh opwookt. Hüüt wullen se all no Oma hen. Un Katja wull Oma denn allens över den Wiehnachtsmann vertellen. Hm ... Oder harr se dat blots dröömt? Katja schüer sik de Ogen: Vör 't Fenster, dor stünnen de Strietschoh. Un de ... de weern echt!

Sünd de Gören ok oordig?

Krieg ik en Geschenk, oder kummt de Wiehnachtsmann mit sien Rood an? Dat weer de grote Froog! Ik weer 'n lütten Buttjer, un ik wüsst nich recht: Gifft dat den Keerl mit de Geschenke wohrhaftig, oder is dat blots wedder 'n Swinnel vun de Groten? Na, een mol wull ik noch verlängern un an em glöven. Harr ik doch verleden Johr den schönen Bagger kregen, den ik mi wünscht harr. Denn kunn dat woll doch keen Swinnel ween.

Nu güng dat op Wiehnachten to, un ik wull so geern en Iesenbohn hebben. Mien Cousin harr ok so een, un mit de to spelen, dat weer ja to un to schön. Tjä, müsst ik denn woll doch oordig ween. Tominnst bet Wiehnachten. „Bernhard! De Wiehnachtsmann, de süht allens!"

Oha! Na, denn harr ik al teemlich slechte Koorten. Harr ik doch een vun uns' Oonten, den Erpel Hermann, so lang op 'n Teppich fasthooln, bet he so bang weer, dat he 'n groten Hümpel moken müss. Un allens blots, wiel ik keen Himbeer-Ies kregen harr.

Un denn: Oma ehr Börst ut de Boodwann, de harr ik buten in de Sandkist „paniert", un mien Broder harr de Schuld kregen. Jungedi, dat allens schull de Wiehnachtsmann mitkregen hebben? Bi den Gedanken harr ik jeedmol 'n dicken Kluut in'n Hals ...

Over dat keem noch leger. Kort vör Wiehnachten wull Vadder mit mi no 'n Zoo hen. An en Sünnovendnomiddag. Man, denn weer Vadder sowat vun k.o. vun sien swore Arbeitsweek, dat he keen Lust mehr harr: „Nee, deit mi Leed. Ik legg mi op 't Sofa un sloop", sä he. „Wi föhrt dor 'n annermol hen, okay?"

Vunwegen okay, dach ik. Du warrst di noch wunnern! Dor schallst du en Quittung för hebben. „Versprochen ist versprochen, und wird auch nicht gebrochen!" Sien Sloop, den schull he nich kriegen. Wi harrn nämlich noch 'n Fleeg in mien Komer. De weer al teemlich slapp, kort vör 't Ümkippen, sotoseggen. Man in de Nacht harr se mi noch düchtig argert.

Un disse Fleeg, de füng ik nu in. Weer överhaupt keen Problem! Ik harr ehr jo glieks den Gnaden-Dood geven kunnt, over: Ik harr mit ehr jo noch wat vör! Dörch dat Slötellock heff ik ehr schubst, rin no Vadder in de Stuuv. Un dor is se denn bi Vadder op de Nees rümdanzt. He hett in'n Halfsloop üm sik haut, man kregen hett he ehr nich. Richtigen Sloop geev dat woll nich mehr, un Vadder weer dorvun noch gnatziger as vörher ...

Tja, du harrst jo mit mi no'n Zoo föhrn kunnt, dacht ik noch so in'n Stillen. Man, al an 'n Ovend, bi 't Beden, füng dat Geweten an to piern. „Ich bin klein, mein Herz ist rein ..." Nee, dat stimmt jo gor nich! Un de Wiehnachtsmann harr dat allens sehn! Seker weer dat nu ut mit de Iesenbohn ...

* * *

Hillig Ovend keem neger und neger, un de Kluut in'n

Hals wörr dicker un dicker. Nich mehr lang, un Wiehnachtsmann müsst de Rood för mi utpacken ...

Denn stünn he vör de Döör: „Na? Sünd de Gören ok oordig?“ Ik harr extra twee Büxen övernanner antrocken, üm mien Moors to polstern. Man, denn passeer dat Wunner: Wiehnachtsmann kreeg 'n Iesenbohn ut sien Sack rut! He harr överhaupt nix markt, de ole Knacker, hihi!

Komisch ... Worüm he woll so 'n hoge Stimm harr? Och, dat weer mi denn doch egool. Blots jammerschood, dat mien Tante utgerekent nu op 't Klo weer un dat allens verpasst harr ...

Wiehnachten fallt ut!

Wat heff ik mi verjoogt! Op eenmol stünn de ole Mann achter mi – as weer he vun'n Heven dol fullen. „Na, mien Jung, du hest woll dacht, ik koom mit 'n Sleden, wat?" grien he. „Minsch, Wiehnachtsmann! Du büst dat ja wohrhaftig!" Ik weer ganz verdattert. Rekent harr ik dor egens nich mit.

De Inlodung weer per E-Mail intrudelt: „Pressekonferenz mit dem Weihnachtsmann". Thema: „Weihnachten fällt aus." Afsehn vun mi weern keen Zeitungslüüd komen. Ok keen Telewischen. De Wiehnachtsmann wickel sien Fallschirm op. „Hör mol, Bernhard" sä he. Huch, de kennt mien Noom, dach ik. „Jo, du wunnerst di, over: De Wiehnachtsmann weet allens un süht allens," grien de Ool. „Du, wat ik so an Post krieg, du glöövst dat nich. En Minister ut Berlin schrifft, he wünscht sik hunnertdusend Lottogewinne, wiel he finanziell düchtig in de Bredullje is ... Naja, wi koomt vun 't Thema af", sä de Wiehnachtsmann. „Ik wull di egens wat wiesen. Hier, kiek mol, mien Fotoalbum. Wiehnachten 1950. Sühst du, wat de Lüüd sik wünscht hebbt? Kiek dor, 'n Stück Seep, de fein rüken deit. 'n sülfstmookten Teddy ... Un nu, kiek mol hier, dit Foto: 1975. De grote Deern kriggt 'n Cassetten-Recorder un de lütte Jung 'n Iesenbohn. So, un nu kiek mol hier: 2005. En Playstation, en DVD-Player, en Digitalkamera, en HDTV-Fernseher, en Laptop... Un 2006 sünd de Wunschzeddels wedder jüst so lang. Wi in'n Heven hebbt de Geschenke ok al proot stohn, nee, so is dat nich. Man, as ik den ganzen, sworen Kroom oploodt harr un losföhrn wull – blots mol so to Proov – dor hett sik een vun mien Ren-Tieren de Schuller dorbi gewaltig verknackst, so swoor weer de Schiet! Un bi mien Sleden sünd de Stootdämper kaputt gohn. Un allens, wiel ji den Hals nich vull kriegen köönt! Punkt!" De Wiehnachtsmann weer richtig in de Brass komen. „Mien Sleden is tweedusend Johr oolt. TÜV hett he noch bet tweedusendtwintig. Man, nu is he twei! Ik heff blots noch 'n poor Doog, üm em to repareern, un wenn ik dat nich schaff ... tjä, denn fallt Wiehnachten ut!"

Nee, he wull glieks wedder los, de Wiehnachtsmann, un ik wull em ok nich ophollen. „Bernhard, wat wünscht du di egens?" fröög he noch gau. „Och, du, gor nich veel. Eerstmol, dat de Öllern in Düütschland sik wedder mehr üm jem ehr Gören kümmern doot un jem ok mol verklookfiedelt, wat sik schicken deit un wat nich – to'n Bispeel, dat mit de dreckigen Schoh op'n Sitz in de U-Bohn. Denn wünsch ik mi noch, dat de düütschen Autofohrers wedder mol den Blinker bruken doot un ok nich so veel drängelt, un vun de Politikers wünsch ik mi, ..."

„Du, Bernhard. Dat fallt nich in mien Tostännigkeit. Dor mööt ji op de Eerd sülvst för sorgen. So, ik mutt nu los", sä de Wiehnachtsmann.

Ik wull over gau noch eben 'n Foto vun em moken. Üm dat düer to verschachern an all möögliche Agenturen. Klick! Besten Dank.

Un – puff! Hest du nich sehn, weer de Wiehnachtsmann verswunnen ... Kiek, wi köönt also den Hals nich vullkriegen. Seggt he. Och, loot em doch sabbeln. Oder?

Ach jo, op mien Foto, dor weer noher vun den Wiehnachtsmann gor nix to sehn. Blots Bööm ... Nu glöövt mi dat hier allens doch keen Minsch. Oder?

Na, op jeden Fall: Ik wünsch Jo all frohe Wiehnachten ... wenn dat nich utfallt, ditmol ...

Dat Geschenk

„Wat schenk ik Manfred blots to sien' Geburtsdag?" dacht sik Manfred sien Swiegermudder. Strümp harr he noog, Slipse ok, un dat After Shave vun verleden Johr, dat stünn jümmer noch mit de Geschenkverpackung in 't Regool rüm. Nee, ditmol schull dat ganz wat anners ween: En Handy!

Annerletz stünn jo in en Tietschrift en Ümfroog: „Haben Sie schon einmal Freude über ein Geschenk geheuchelt?" Achtunsöventig Perzent vun de düütsche Bevölkerung, de hebbt mit „Jo" antert. Un Manfred, de harr woll ok „Jo" seggt, wenn se em froogt harrn. Du kunnst em dat richtig vun de Ogen aflesen: „En Handy? Wat schall ik dor denn mit?" He weer nämlich vun Natur ut muulfuul un kunn dat Telefoneern nich utstohn. Over natüürlich hett he Swiegermudder in 'n Arm nohmen un sik bedankt.

In'n Loop vun 't Johr hett Manfred over doch Gefallen an sien Handy funnen. Is jo ok to un to praktisch, wenn du to'n Bispeel in 'n Stau steihst un to Huus anropen kannst: „Hallo, mien Söten. Ik koom hüüt twee Stünnen loter. Hier geiht gor nix mehr." Oder bi 't Inköpen: „Schatzi, ik stah hier jüst bi de Slachter-Theke. Du, vundoog is de Salami in't Sonderangebot. Schall ik wat dorvun nehmen?" Schiet is man blots, dat bi de Slachter-Theke in Manfred sien Supermarkt keen Empfang is. He mutt also eerst mit dat Handy no de Kees-Theke röber - dor is goden Empfang - un denn wedder torüch no de Salami.

Mit de Tiet keem dat sowiet, dat du Manfred blots noch mit dat Handy an 't Ohr to sehn kriegen kunnst. Dat seeg meist so ut, as weer em dat Dings dor fastwussen. Ok to'n Football müsst dat Handy mit - Manfred speelt as Torwart bi en' Dörpvereen in de Kreisliga. Un wenn sien Fro nich mit no dat Speel hen kunn, denn geev dat in de Paus Meldung över den Speelstand no Huus.

Nu weern Manfred sien Jungs in'n Loop vun de Saison over teemlich in de Tabell no ünnen dolsackt. Bi dat letzte Speel, bi den TSV 08, schull bi rutkomen, wokeen afstiegen müsst. Blots en Sieg kunn jem noch redden - anners güng dat rünner no de 1. Kreisklass. Tjä, se liggt denn ok mit 1:0 vörn, dor bimmelt achter Manfred sien Tor dat Handy! Un wat mookt disse Dööskopp? He geiht ran un snackt! Merrn in 't Speel!

Over in den Ogenblick kummt de TSV 08 mit 'n Konter op Manfred sien Tor to. Un Manfred, de löppt ut sien Tor rut, mit dat Handy in de Hand, haut den Ball weg, haut dorbi ok den Stürmer mit weg, un dat Handy, dat flüggt den Schiedsrichter an 'n Kopp! Platzverweis.

Mit teihn Mann verleert se gegen den TSV 08 un stiegt af. Ochso, wokeen dat weer, de anropen dee, wullt du weten? Tjä, dat weer Swiegermudder. Se wull blots mal no den Speelstand frogen ...

In de neegste Säsong hett Swiegermudder denn för de ganze Mannschaft een utgeben, üm dat wedder goot to moken. Un Manfred, de müss en Eid afleggen: Dat Händy, dat blifft in Tokunft in de Kabien!

Linie 39

„Dienstausweis Hamburger Verkehrsverbund" steiht buten op dat Ding, un Kuddl klappt dat op un wiest dat vör, bi 't Instiegen in den 39er-Bus. Un Kuddl seggt fründlich „Moin", un de Busfohrer antert: „Moin, Kuddl. Na, ok mol wedder?"

„Jo, vundoog bet Flooghoven."

„Na, denn man to."

„Kuddl" - dissen Noom hett Horst Fischer in sien ole Firma kregen, wo he Huusmeester weer. Dat Mäken för allens, de gode Geist in 't Huus. Klempner un Seelsorger in een Person. Nu is Kuddl fiefunföfftig, un de Firma gifft dat nich mehr. Dat heet, de Fabrik steiht nu in Tschechien - dor is dat Produzeern billiger. Man af un an dröppt Kuddl sik noch mit 'n olen Kollegen. Annerletzt seet he mit Jürgen bi 'n Glas Beer tosomen un vertellt em vun sien' ne'en Job as „Fahrgastbetreuer". Gott wees Loff un Dank, sä Kuddl to Jürgen, de Krise harr för em nu 'n Enn. Un Jürgen, de freu sik för Kuddl, dat de nu doch noch mol wedder Arbeit funnen harr: „Kuddl, du weetst ja, ik segg jümmer: Wi hebbt all uns' Bünnel to slepen. Man, dien Bünnel, dat weer al teemlich groot, un nu is dat doch wat lütter worrn. Proost, Kuddl. Op di un dien Arbeit!"

Meisttiets sitt Kuddl achtern in 'n 39er; dor, wo de Kinnerwogens stoht un de Rullstöhl. Kuddl packt geern an, un de Lüüd freut sik. Dat Fohrgäst sik mol gegensietig helpen doot, dat beleevt man hier in Hamborg ja jümmer weniger. An de Haltesteed „Rugenbarg (Nord)“ stiggt en junge Mudder in. Kuddl bugseert den Kinnerwogen in den Bus rin. Dat Lütte vun de Fro brüllt fördull; de Mudder weet sik meist gor nich mehr to helpen. Over Kuddl is 'n plietschen Dutt. För sowat hett he en lütten Tiger ut Plüüsch in sien Ümhängtasch. Un dat Lütte kickt mit gaaanz grote Ogen.

Bi „Hagenbecks Tierpark“ hölpt Kuddl en ole Fro mit 'n Gohwogen rin in'n Bus. „Ich soll zur Hoheluftchaussee“ seggt de Fro, „aber ich weiß gar nicht, wo ich umsteigen muss.“

„Na, junge Fro, keen Problem“, antert Kuddl, „Siemersplatz aussteigen und denn mit der Linie 5 weiter. Die fährt alle paar Minuten.“ Jo, mit de Fohrploons kennt Kuddl sik ut. Ok mit de Ümleitungen – he weet allens butenkopps. Un is jümmer fründlich. Bi'n Flooghoven stiggt Kuddl ut, mookt sien lütte Paus mit 'n Tass Kaffee, un denn geiht dat densülvigen Weg wedder retour. Bet Kuddl „Tschüüs“ seggt un no Huus geiht.

In sien lütte Wohnung leggt Kuddl den Deenstutwies op de Kommood hen. „Dienstausweis Hamburger Verkehrsverbund“ steiht BUTEN op de Hüll, ober wenn du de opklappen deist, denn steiht dor binnen nix vun „Dienstausweis“ – „Monatskarte“ steiht dor eenfach. Un dor blangen op de Kommood, dor liggt de Bescheed vun de Arbeitsagentur: „Arbeitslosengeld zwei für Langzeitarbeitslose ist bewilligt.“ Un denn is dor noch de Käfig mit Polly, den Papagei. Un Kuddl gütt sik 'n Kööm in un seggt to Polly: „Na, mien Deern, wat hebbt wi öövt? Polly, snack! Polly, snack!" Un denn kreiht de Papagei los: „Herzlichen Glückwunsch! Herzlichen Glückwunsch!" Un kiek, nu hett doch noch een lebennig Wesen uns Kuddl an sien Geburtsdag graleert ...

Kort vörweg: In mien Stadt gifft dat keen Kinner mehr, de sik op Platt ünnerhollen doot. Man, wat bi Asterix un Obelix geiht, dat geiht ok bi ...

Timo un Holzi bi 't Taschen klauen

Ik glööv, Holzi warrt loter mol Philosoph – also so 'n Keerl, de sik 'n Barg Gedanken över dat Leven moken deit. Un 'n Barg Gedanken mookt he sik nu al. Nülich wull he vun mi weten, woto dat egens ole Lüüd geven deit.

Keen Ohnung. Wat weet ik. Heff ik noch nich över nodacht. Ik kenn ok keen ole Lüüd, de ik dat mol frogen kunn. De Olen gifft dat even, un fardig. Loot jem doch.

Holzi, de hett al 'n ganze Reeg vun Deerns hatt. Dat vertellt he tominnst. Höört sik ok echt an. He weet to'n Bispeel, dat Britta 'n *Tattoo* an so'n ganz pikante Steed hett. Villicht hett he over blots eenfach bi de Deerns in de Ümkledekabien rinpliert? Dörch dat lütte Fenster, boven op 't Dack. Oder mag ween, un he hett sik 'n lütt Lock to'n Spannen bohrt. Also, totruen kunn man em dat.

Op jeden Fall kannst du fein bi em in de Komer sitten un so richtig geile Videos kieken, wenn sien Mama to Huus in'n Duuntje liggen deit, un wenn mit ehr nix antofangen is. Un dat kummt in de letzte Tiet foken vör, nu, wo Holzi sien Papa weg is. Un wenn se ut 'n Duuntje wedder rut is, denn sitt se still an'n Kökendisch un snuckert vör sik hen.

Männichmol kummt se eerst loot vun't Arbeiden torüch. Denn kookt Holzi un ik uns Miracoli oder sowat, oder wi goht no MäcDonäld's hen. Annerletzt weer Nele dor. Wenn Holzi ehr rinkomen süht, denn vergitt he meist dat

Kauen. Nele süht ut as weer se en Ex-Fründin vun den Tennis-Fritzen Boris Becker, so richtig düüstere Huut un jümmer düchtig opdunnert. Se will mol Moderatorin bi VIVA warrn. Wenn se op ehr Rennrad föhrt, mit den Pulli mit den groten Utsnitt, denn kriggt Holzi Stielogen. Annerletzt fehl dor nich veel an, un Holzi weer mit sien Rad in en Reklametafel rindunnert.

Holzi, de much to geern mol bi Nele „en Rohr leggen". Jo, so nöömt he dat; na, du weetst, wat ik meen. Ik mag so'ne Utdrück nich, bün doch keen Klempner, man, ik segg Holzi dor nix vun. Wi hebbt afmookt, wenn een vun uns dat schafft ... äh, ik meen, dat mit dat Rohr, denn mutt de anner em 'n Buddel *Johnny Walker* utgeven.

Bi Rahel is de Prämie blots 'n *Six-Pack* Holsten. Holzi seggt, wat Rahel angüng, de kunn ik hebben, de weer em to langwielig. Rahel is jüst eerst totrocken. Se hett keen düren Kroom an, hett blots eenfach de Hoor to'n Peersteert tosomenbunnen un fardig. Moolt sik nich mol an. Un se is bannig goot in Physik. Holzi seggt, dat is en Mutation. Oder se is genmanipuleert. Deerns köönt keen Physik! Un de poor, de Physik köönt, de sünd to dusselig to'n Küssen. Nee, vun sowat lett he lever de Fingern.

Ik wöör Rahel geern mol to 'n Ieseten inloden, over ik doo dat nich. Nee. Seker bün ik ehr to dösig. Kiek mol, fröher, dor wull ik Astronaut warrn. Man, de NASA nimmt doch keen Astronaut, de in Mathe un Physik 'n slechte Veer hett. Rahel, de nehmt se seker, un ik warr denn in't Fernsehen tokieken, wenn se mit 'n Rakeet no de Steerns henflegen deit ...

Holzi will mol Politiker warrn. He seggt, he hett 'n gode Idee för en Rentenreform: De Olen afschaffen! Fardig!

„Hihi!“ lacht Holzi, un denn vertellt he, wat de Olen so kösten doot, un in een Tour mööt se no'n Dokter hen, un denn all de düren Pillen, un so wieter – „un wi all mööt dat betohlen!“ Holzi seggt, sien Mama, de schimpt ok. De Olen wöörn all de goden Wohnungen wegnehmen, un se beiden säten hier in so'n olet Lock: „Kiek, to'n Bispeel de Ollsch, de blangen dien Onkel wohnt“, seggt Holzi, „arbeiden deit se nich mehr, over freten will se.“ Holzi meent, de kunn goot mol 'n lütte Lex verdrägen. To'n Bispeel kunn 'n ehr mol de Inkoopstasch wegrieten, wenn se vun „Plus“ torüch kummt. „Jeden Moondag üm dree köfft se bi 'n 'Plus' in, dor kannst de Klock no stellen“, sä Holzi.

„Och, loot ehr doch“, sä ik.

„Timo, du büst 'n Waschlappen“, sä Holzi.

Vunwegen! Sowat loot ik nich to mi seggen! Holzi, de wull woll mol een vör 't Muul hebben ...

„Pass op“, slöög Holzi vör, wi mookt dat mit 'Kopp oder Tall'. Kopp – denn grapsch ik de Tasch. Tall – denn mookst du dat. Na, is dat 'n Idee?“

„Ik weet nich recht ... Na, mientwegen.“

Tall. Harr ik mi dacht. Is jümmer so.

Denn stünn ik dor achter 'n „Plus“ un luer de Ollsch op. Noch 'n lütten Ogenblick, denn müsst se üm de Eck rümkomen. Se güng an'n Stock, de Inkoopstasch in de anner Hand.

Ik wüsst nich recht – schull ik wirklich? Holzi winkt vun de anner Stratensiet. Ik schull nu man topacken. Heff ik denn ok doon.

Dat weer gor nich so eenfach, de Tasch to kriegen. Dorbi heff ik de Ollsch ümreten, un se is hensloon. So'n Schiet! Dat wull ik gor nich!

Denn kriesch se los. Ik müsst fix wegrennen. An de neegste Eck weer Endstatschoon. To mien Pech stünn dor jüst de „BünaBe", un de heel mi fast un dreih mi den Arm rüm, dat Oos! Dat dee richtig weh! Ik keek mi üm – Holzi weer verswunnen. Na, wunnerbor! Ik in de Mangel, un Mister Holzi – utneiht!

Gediegen, wat di in so 'n Ogenblick allens dörch den Kopp geiht. Anner Lüüd knackt 'n *Safe* – mi kriegt se al bi 'n Inkoopstasch an't Slafittchen. „Wenn Mama dat to weten kriggt ..."

De Ollsch, de kenn den „BünaBe". Nee, sä se to em, he schull mi man lopen loten. Nee, nee. Weer jo nich veel passeert, nee, mien Mudder schull dat gor nich to weten kriegen. De „BünaBe" schull man even mitkomen, denn kunn ik ehr jo de Tasch no Huus drägen.

As wi bi de Ollsch to Huus ankomen weern, schick se den „BünaBe" wedder weg, un denn fröög de Ollsch mi, wat ik nich 'n Kakao bi ehr mitdrinken wull.

Ik heff „mientwegen" seggt, over mol ehrlich: Kakao is doch wat för Babys. Man goot, dat Holzi mi nich sehen kunn.

Ehr Enkeldochter wöör ok glieks komen, sä de Ollsch.

As de Döör opgüng, dacht ik blots noch: „Gott in'n Heven, wenn dat di geven deit, denn loot mi nu in de Eerd rinsacken!

„Dat is Timo", sä de Ollsch.

„Ik weet. Wi goht in desülvige Klass", sä de Enkeldochter. „Hallo, Timo."

„Hallo ... Rahel."

„Timo hett mi den Inkoop no Huus drogen", sä de Ollsch.

Denn hebbt wi Kakao drunken. Hett gor nich so slecht smeckt. Warm un sööt.

„Ik heff 'n Fernrohr schenkt kregen“, sä Rahel. „Hest du Lust, dat mol antokieken? Morgen Ovend Klock söss geiht de Moond op.“

„Ik weet nich“, sä ik. „Ik segg di dat morgen in de School.“ Denn bün ik no Huus gohn.

An'n Ovend hett Holzi noch versöcht, mi op mien Handy antoropen. Ik bün nich rangohn.

Gott ... ik bün ganz dörchenanner ...

Eenspänners
(Sabine vertellt)

„Cocooning" heet dat, wat ik hüüt moken doo. Kiek, hier in de Tietschrift „Regina" steiht dat binnen: „Tschüs, Arbeit – hallo, Gemütlichkeit!" De Wohnung is en Panzerhuut. En Kokon.

Mi is dat eendoont, wat se dorto seggen doot. Ik weet blots: Beter as hier binnen is dat narms. Dat Sofa is groot, un de Kassen mit de Mini-Dickmanns is vull. Welt, hüüt schiet ik op di!

Nüms süht mi. Ik kann den ganzen Dag slampig rümlopen. De griese Trainingsbüx is genau dat Richtige dorför. Oder de Leggings mit dat Lock in.

Dat dösige, swarte Minikleed kann ik nich mehr sehn! Mol ... is jo ganz schön. Over nich op Kommando. De Been wüllt se sehn, de Keerls. De Optritt mutt perfekt ween! Wenn Anatolij mit sien Lüüd ut Moskau kummt. Ik legg de Papiern för de Verdrääg op den sieden Disch mit de Glasschiev un schuuv dor de Been ünner. Isabell, uns' Sekretärin, de mookt dat jüst so. Denn weet he gor nich, woneem he henkieken schall, de Herr Öl-Manager.

Wi mööt 'n ganzen Barg anstellen, dat he den Kroom so billig as 't man geiht, rutrückt. De Doog sünd lang, un de

Keerl hett Konditschoon. Sien Fro ok. Schall se nu eerst 'n Porsche köpen gohn oder eerst no de Pelzmantels hen?

Wenn de Fro nich mit is, geiht dat an'n Ovend noch no de Disco hen. Kloor hett he ok al an mi rümgrabbelt. Ik heff em een schüert, he hett lacht, un denn weern wi mit dat Thema dörch.

Danzen bet Klock veer – dat geiht an de Substanz. Man Anatolij hett fröher bi Spartak Moskau in de eerste Liga speelt, un Klock negen sitt he wedder bi uns in't Büro un verhannelt. Un ik? Ik bün so mööd, krieg kuum de Klüsen op ...

Vundoog verwöhn ik mi. Talglichter mit Vanillje, en Glas Sekt, denn rin in de Boodwann. Eros Ramazotti – *Piú bella cosa.* Dat Boodwoter rüükt so fein. No Fröhsommer. No Fröhsommer mit Bottervogels. Un no den Dag mit Martin in't Gröne.

Martin wull mi freen. Ik wull nich. Weer dat verkehrt? „Martin, ich liebe meine Arbeit. Lass mir noch Zeit."

De Arbeit, de wöör over jümmer mehr. De Tiet, de wi tosomen harrn, jümmer minner. As ik ut Kasachstan torüchkeem, dor leeg sien Breef bi mi in'n Kassen. Ut weer dat!

Sien Hannen ... Jojo, ik heff dat verdaut, so is dat nich. Liekers – de Hannen, de warr ik nich vergeten.

Nüms foot mi an. Seker, Küsschen hier, Küsschen dor. Dat meen ik nich. Ik meen: Huut an Huut, dat ganze Weekenenn. Nich blots dösig in de Boodwann rümdümpeln, bet de Huut verschrumpelt is.

Katharina, de is vun 'n anneret Kaliber. Se harr annonceert in't Blatt: „Brauchst auch du – so wie ich – guten Sex, um gut zu arbeiten, dann melde dich doch mal." Nimmt sik 'n Keerl as 'n Kaugummi. Un wenn dat Aroma rut is, kummt de Neegste an de Reeg.

Wenn 't man so licht weer! Versöcht heff ik dat ok – in de Bar Metropolis. *„Ladies hour"*, söventig Perzent Keerls – Utwohl! Een heff ik mitnohmen. Eerst heff ik em mi schönsopen, un denn: rin in de Puuch. Kann over nich jüst seggen, dat ik dor Spooß an harr. Achterno slööp he in, un ik heff em ut' Bett rutstött, rünner no de Eerd. Dorbi hett he sik den Arm blauhaut, un düchtig rümbölkt hett he ok. Ik wull em nich mehr sehn: "Raus!" Heff dat Betttüüch glieks in de Waschmaschien rinsteken. Nachts, Klock veer. As de Maschien sleudern dee, hebbt de Novers mit 'n Bessen gegen de Wand trummelt. Over dat müsst ween.

Afdrögen, *Body lotion*, den schönen Boodmantel antrecken mit de kakelbunten Bottervogels. Sofa. Nu bün ik en *„Couch potato"*.

Morgen, an'n Moondag, heff ik free. Katharina un ik, wi wüllt no den Goorn mit de velen Bottervogels hen. Ik freu mi dor op; de Bottervogels mag ik to geern lieden. Wenn se dor danzt in'n Sünnenschien. Üm Eerdöl scheert se sik nich. Blots üm de bunten Blomen ...

Villicht roop ik Katharina noch mol even an ...
Nix. Blots de Anroopbeantwoorter. Wohrschienlich liggt se jüst ünner 'n Keerl. Oder bovenop.

Güstern müsst ik mol utslopen, dat dee nödig. Denn reep dat Köhlschapp: Kööp in, mi is so leddig tomoot! Also: rut no'n Supermarkt. Un dor steihst du denn merrnmang de annern Eenspänners bi de Truh' mit de infroren' Soken. „Bratkartoffeln, pfannenfertig, mit Katenspeck und Zwiebeln. Nur 5 Minuten Garzeit!" „Bistro Ciabattino, diverse Sorten. Die Arbeit haben wir Ihnen erspart, nur aufbacken müssen Sie selbst – überzeugender kann *Convenience* kaum sein!"

Un denn meldt sik dien Geweten: Kiek mol, de Keerl dor! Wat seggst du to den! De in de swarte Jack, mit de Pizza Alberto in de Hand ...

He is sööt! Un de Moors! Wenn he sik so no de Pizzas bücken deit ... Ran an'n Speck! *Chanel No.5* liggt op, un Barry White singt jüst *„You're the first, you're the last, my every-thing ..."*

Un denn geihst du bi den söten Moors vörbi. Nee, gohn is dat nich – schrei-ten! Schrei-ten deist du. Dat *Model* op den Loopsteg. Schrei-ten. Mit den Blomenkohl in de Hand dörch den Supermarkt schrei-ten.

Dien Geweten meldt sik: Los, de Radikalmethood! Pack den Blomenkohl ut Versehn bi em in den Wogen rin! Du hoolst Luft – hhhh – nimmst sien Wogen in't Visier, de Blomenkohl is proot ... Dor kummt en Fro vun de Siet un drückt den Pizza-Mann 'n Söten op ... Mohltiet, Alberto!

Denn to Huus reinmoken, Tüüch waschen – „mein superselbstständiger Alltag". Un denn kummt dat Lock.

Nüms hett Tiet.

Nüms röppt an ...

In de Week kummt af un an Besöök. Dat warrt loot, un de Opwasch blifft stohn. An'n Morgen dorno koom ik denn so loot, as 't man geiht, ut' Bett rut.

Fröhstück bi'n Bäcker – Stehcafé. Un denn, wenn 't wedder Ovend is, denn koom ik no Huus, un GÜSTERN steiht jümmer noch op 'n Disch. Hett sik nich afrüümt. Naja, dorför is de Tähnpasta toschruuvt.

Man dat Leven pett op de Stell. Nix röögt sik. Un ik, ik bliev över. Annerletzt bün ik negenundörtig worrn. Stell di disse Tall mol vör! Negenundörtig! De Gruft kummt in Sicht.

Tokomen Johr krieg ik vörnan de Veer verpasst! Bi dissen Gedanken is mi de Panik komen – wokeen köfft sik Blomen, de al verdröögt sünd?

„99 Singles zum Verlieben" harrn se in de „Regina". Dor heff ik mi een utsöcht: Tonio, Werbegrafiker.

En Desaster! Muskeln un Geld. Over nix in'n Kopp. Afsehn vun dat Eene ...

Nee, nu bliev ik över. Mien Kokon is blots för een Person. Schall woll so ween.

Isabell, sogor Isabell hett een' afkregen. He is fiefuntwintig Johr öller as se. „Das graue Teil", sä se to Anfang, wenn se vun em snacken dee.

Ok Annette, de hett nu dat, wat se hebben wull. Nee,

keen Keerl, dorför over ’n dicken Buuk. Neegste Week geiht se in Mudderschutz. Vun den Vadder weet se nich mol den Noom. Se wull sik al künstlich befruchten loten. Sperma köpen un dat Göör alleen optrecken, man, denn hett se woll doch noch ’n Dummen funnen.

Over se süht elennig ut. Ik glööv, se weent veel. As se annerletzt bi mi weer un ik ehr an de Döör in’n Arm nähm, dor wull se mi gor nich wedder losloten.

Lissi, de hett ehr’n Balg al. De Lütt kann lopen, in’n Inkoopswagen sitten un „Fruchtzwerge!“ kreihn. „Fruchtzwerge!!“ Un wenn he keen kriggt – „WILL aber Fruchtzwerge!!“ – denn mookt he in’n Supermarkt ’n Heiden-Opstand, dat de Lüüd sik ümdreiht un op Lissi dol goht: „Nun seien Sie doch nicht so zu dem armen Kind!! Eltern gibt das! Unmöglich!!“

Wat seggt denn hüüt de Spegel? Na los, segg mi, dat ik goot utseh!

„Sabine, du sühst goot ut.“

Sühst woll, is gor nich so swoor.

„Sabine ... Ähm, de Problemzonen ... Ähm, du hest Pölsterchen kregen. Bi so vele Dickmanns hölpt ok de Lätta nich mehr ...“

Holl dien Snuut! Anners hang ik di to!

Sofa. *Home Socks* – „anspruchsvolle *Soft-Wear* für die *Happy-hour* ...“

Over nee, to dat *Happy* ween höört mehr to as warme Fööt.

Ik drööm noch ’n beten wieder, de Dag is noch lang. Ogen to, un „Kuschelrock 5“ op *Repeat* instellen ...

* * *

Moondag Middag. Katharina lett de Dööör bi ehr Fründin Sabine opbreken. Dor stimm wat nich, dat harr se glieks markt. De CD-*Player* weer to hören, ober nüms harr opmookt. Villicht weer Sabine to Malöör komen?

Nüms dor. Sabine is verswunnen. En Boodmantel liggt op 'n Footbodden. An 't Fenster sitt en kakelbunten Bottervogel. Katharina mookt dat Fenster op un lett em rut. Gediegen – ehr dücht, de Bottervogel hett ehr topliert ...

Boven un ünnen

„Raumschiff *Voyager* röppt Willi Henning! Hier *Captain Janeway*. Willi, kannst du mi höörn?"

„Jo! Moin, *Captain Janeway*! Hier is Willi Henning, in Hamborg op de gode, ole Eerd. Wo süht' ut bi Jo?"

„Hamborg, wi hebbt en Problem!"

„Streikt de Klingonen wedder?"

„Nee, allens best mit de Klingonen. Nee, Willi, dat Problem is de Planet K 8 ½. Dörch 'n Strahlenunfall sünd dor all de Mannslüüd unfruchtbor worrn. Wenn nix ünnernohmen ward, mutt de ganze Planet utstarven! Willi, wi bruukt di. Bi de Föderatschoon hebbt se mi vertellt, du büst de mit dat beste Sperma op de ganze Eerd ..."

„Dat stimmt!"

„Denn man los, Willi! Hest du noch 'n Rakeet proot stohn, oder schüllt wi di no uns roppbiemen?"

„Nee, loot man. Ik heff noch 'n Rakeet vun Silvester in'n Keller. Ik mook mi glieks op'n Padd ..."

Un plumps – bün ik vun de Couch rünnerfullen. Weer ik woll mol wedder vör de Flimmerkist indruselt. Tonis Hütten-Glöhwien. De hett dat in sik! Un denn jümmer disse gediegenen Drööm. Over is jo meist beter as Kino! Un vör allen: billiger!

Du, heff ik di al vun de ole Fro Meyer vertellt, de över

mi wohnt? Du, de will mien Wohnung hebben. Ik weet dat genau! Rutekeln will se mi – mit Psychoterror. Jümmer passt de Ollsch mi af in't Treppenhuus: „Na, Herr Henning, haben Sie denn wieder Arbeit gefunden?" Dorbi geiht ehr dat 'n Schiet an. Ik steek jo ok nich mien Nees in ehrn Kroom rin. „Soll ich Ihnen denn nich mal was Ordentliches kochen, Herr Henning? Jetzt, wo Ihre Frau weg ist, können Sie sich doch mal 'n büschen betüdeln lassen, hm?" Nee, nee. Ik kann goot för mi sülvst sorgen. Un dat is eenfach schön, wenn di nich ständig een dortwüschenquarkt. Hüüt to'n Bispeel: Ik harr eenfach mol Lust, de Ravioli ut de Doos koolt to eten. Un wenn Willi Henning Lust hett, de Ravioli koolt to eten, denn deit he dat ok! Un wenn Willi Henning mol nich op den Glöhwien töven will, bet de hitt is, denn drinkt he ok den Glöhwien mol koolt! Willi Henning is nu nämlich 'n freen Minschen, ohn Stempelklock un ohn Huusdroken, ok wenn de ollsche Meyer dat nich passen deit!

Frollein Schneider vun ünnen, du, de is vun 'n annern Slag! Wo apartig se antrocken is. Ik kiek ehr jümmer no, wenn se morgens ut'n Huus geiht. Hüüt harr se so'n blauen Samt-Body an, un 'n hellblaue Büx – dat seeg richtig ... ja, Gott, scharp! Scharp seeg dat ut. Ja, du glöövst woll, in mien Öller, mit sövenunföfftig, denn markt een dat nich mehr, wat? Ik harr jo mol Lust, ehr no mi intoloden, so as Dankeschön. Annerletz hett se 'n Paket för mi annohmen, un ik heff dat denn bi ehr afhoolt. Se is jo 'n beten torüchhollern, over se weer ganz fründlich to mi. Harr wedder disse brune Transparent-Bluus an, de mi jümmer reinweg verrückt moken deit, mit so 'n lierlütt, swatt Böverdeel dorünner. Un as se sik henhuken dee, de dralle Moors in de Jeans ... Ik harr blots de Hannen utstrecken müsst, denn harr ik ehr to foten hatt. Un in de Nacht, du, wenn ik mol wedder nich slopen kann, denn wannert mien Hannen ünner de Bettdeek rünner, un ik denk dorbi an Frollein Schneider ...

Villicht gefall ik ehr jo, wenn se mi eerstmal 'n beten beter kennt? 'n Fründ hett se nich, dat weet ik. De Footboddens in uns Huus sünd so dünn, dor kriggst du allens mit. Foken höört se Musik in ehr Wohnung. *„Slave to Love"* hett se güstern höört, dat kenn ik! Dat is ut den Film „9 ½ Wochen" mit Mickey Rourke. De Rourke, dat is noch 'n Keerl. Nich so 'n Waschlappen. Grippt sik de Wiever, wenn em dorno is, un – krrk! – is dat Kleed twei. Woto sik lang mit Knööp ophollen. Frollein Schneider hett ok so 'n Kleed, wo een mal b i müsst. Krrk! Un *„Slave to Love"*, du, dat kann se hebben. Ik heff super Handschellen, un denn mookt wi uns dat schön ...

Ik heff al lang keen Froonsminsch mehr anfoot. Siet Hilde weg is. Mi weer doch blots de Hand utrutscht! Un müss Hilde denn ok so dösig dorbi to fallen komen? Schuller utkugelt – dat wull ik doch nich! Over nee, se sä, nu wull se sik dat nich länger gefallen loten ...

Morgens goh ik af un an no Rolf sienen lütten Edeka-Loden röver. Rolf, de is jo nich op Zack. Du, ik klau dor so 'n Tuten-Supp, over glöövst du, de markt dor wat? Is överhaupt keen Risiko bi. Denn heff ik de Tuten-Supp wedder henstellt un ehr dree Minuten loter nochmal klaut. Wedder nix. Denn heff ik ehr betohlt. Op'n Weg no Huus hen bün ik fullen un kunn nich wedder hoch. Sowat over ok! As 'n Maikäfer op'n Rüch leeg ik dor. Nüms hett mi holpen! All güngen se wieter, de Lüüd! Asozial, dat Pack! Un wokeen müsst dor antowackeln komen? Fro Meyer natüürlich. „Sie sollen doch nicht so viel trinken!“ – So ‘n Tüünkroom. Op de Schiet vun de Meyersche ehrn ollen Köter weer ik utrutscht, wieder nix. Ik un drinken! Vunwegen. Ik heff mi vull ünner Kontroll. Wenn ik ophöörn will, denn do ik dat ok. Twee Halve to‘n Fröhstück, denn is eerstmal Sluss bet Klock ölven. Un twee Halve, dat is goot för den Kreisloop – ik koom jo morgens so swoor in de Gang. Un rutsmeten Geld is dat ok nich: Nullkommafünf feinherbes Pilsener „Die Sparsamen“ – negenundörtig Cent. Kannst nix gegen seggen!

Güstern heff ik de ollsche Meyer wedder in‘t Treppenhuus dropen. Se fröög, wat se nich mol bi mi reinmoken schull. Du, dat fehl mi jo noch! De Ollsch, de wöör jo mien ganze Sammlung dörchenanner bringen – mien schöne Sammlung! Ik bün dor richtig ‘n beten stolt op, op mien Sammlung. De ward noch mol veel weert. Ik bewohr jo allens möögliche op: Tietschriften, Eten, Dosen, Glöös, Tuten mit allens möögliche binnen ... Dor will ik en Alldags-Museum ut moken! Ik söök blots noch ‘n Mäzen. ‘n ganzet Huus müsst ik dorför hebben, dat is mien Droom! In de Wohnung is dat doch ‘n beten eng, ik mutt mi al richtig Gänge twüschen de Hümpels anleggen. Goot, dat rüükt ‘n beten streng, over büst du al mol in ‘t Magazin vun en groot Museum binnen ween? Dor rüükt dat jüst so. Man de Meyersche, nee, de loot ik dor nich ran! De spioneert mi ut, wo se blots kann. Wenn ik nachts mol wedder nich slopen kann, denn hööр ik ehr. Eerst geiht se no ‘t Klo hen, denn geiht se op un dol. Op ... un dol ... Un denn ward dat ‘n Ogenblick lang ganz still. Ik weet ok, worüm: Se liggt mit‘

Ohr op'n Footbodden un horkt! Horkt, wat ik woll moken do. Man, ik mook nix! Nich mal Luft hooln! 'n ganze Minuut lang kann ik de Luft anhollen! Un denn geiht se wedder ... op ... un dol ... Op ... un dol ...

Nich blots, dat se horken deit, nee. Se hett Ogen mit *Laser*-Strahlen! Un mit de *Laser*-Strahlen versöcht se, mien Wohnung uttokunnschaften – dörch den Spion vun de Döör! Nachts, Klock dree! Ik harr jüst 'n Paket vun Toni sien Hütten-Glöhwien utdrunken un keem ut de Köök, dor seeg ik den Strahl! Un de güng sogor üm de Eck rüm! Ik mi gau henhuukt un an de Wand quetscht, dat de Strahl mi nich dropen kunn – seker kann de Ollsch dor ok mit dör de Huut kieken! Un denn süht se de kolen Ravioli un den kolen Glöhwien bi mi in't Lief. Un schüddkoppt un meckert wedder los. „Herr Henning, Herr Henning! Sie haben ja wieder nichts richtiges gegessen. Soll ich Sie denn nich mal einladen und was Schönes kochen?"

Inloden, inloden. Dat kunn ehr so passen. Verhöörn will se mi doch! Mien Erfindung utkunnschaften. „Hennings Turbo-Saugschalen". Jaha! Bün twoors blots 'n lütten Klempner, over ik heff wat in'n Kopp! Mit disse Dinger, mit de „Turbo-Saugschalen", dor kannst du mit an de Wand hochlopen. Un i k heff jem tosomenschruuvt! Willi Henning! Ik will dor 'n Patent op anmellen, un denn verkööp ik de an Bargstiegers, Reinhold Messner un so, un an de Füerwehr. Un an *Fun*-Sportlers! Ik seh al de Schlagzeilen: *Fun and action mit Hennings Turbo-Climbers!* Un denn mutt ik jo no all de VIP-Partys hen, no Pamela Anderson un so'ne Lüüd, un denn süht Fro Meyer mi in't Telewischen bi SAT 1 „blitz" un bi RTL „exclusiv". Un denn seggt de Lüüd all: „Ja, das haben wir schon immer gewusst, dass aus dem Henning mal was Großes wird!" De ganzen Klookschieters ...

Un nu, nu kummt de Premiere. Nu goh ik bi uns' Huus an de Wand hoch. Dat is Klock dree in de Nacht. Pickendüüster. Nüms süht mi. Un ik heff ok glieks wat vör! Kiek mol, dit schöne Kostüm: *Spiderman*! De Spinnenkeerl. Heff ik mi köfft, as Karneval weer. De ollsche Meyer is nämlich bang vör Spinnen! In't Treppenhuus, dor seet mol en Spinn, du, un dor kunn de Ollsche nich an vörbi. Ik müsst dat Deert no buten bringen. Un kriescht hett de Ollsch!

Man nu kummt *Spiderman* un klattert de Muer hoch un kloppt bi Fro Meyer an 't Finster. Un denn ward de olle Bangbüx den Vörhang optrecken un sik gräsig verfehrn! Un denn höllt *Spiderman* en Schild hoch, wo op schreven steiht: LASSEN SIE HERRN HENNING IN RUHE!

Hähähä! So, her mit de Suugdinger. Fenster op, nu goh ik rut. Un nu ... schalt ik de *Turbo-Climbers* in, un ik warr free sweven, free sweven! Hooch in de Luft, in'n föfften Stock! Nu!

* * *

Hamburg.
Unter mysteriösen Umständen stürzte in der vergangenen Nacht im Stadtteil Altona ein 57 Jahre alter Mann zu Tode. Der arbeitslose Installateur hatte offenbar versucht, an einer Hauswand hoch zu klettern. In seiner Wohnung fand die Polizei eine regelrechte Müllsammlung vor ...

TV 2010

Teihn Punkte bruukt se noch, denn hett Lisa dat grote Geld. Blots noch disse Nacht mutt se överstohn.

Licht weer dat nich, dat Leven in den Container. „Loot dor de Fingern vun. Du steihst dat nich dörch", harr ehr beste Fründin Christiane ehr wohrschuut. Over se kunn dat Geld doch so goot bruken.

De annern Kandidaten weern *taff*. Grote Ellbogens. Blots Lisa, de hett weent. Un dat hett ehr de mehrsten Punkte inbröcht. De Tronen in 't Koppküssen, de weern Gold wert. De Quoten güngen no boven. Un ok de Kurs in 't Internet-Barometer. Dorno weer se nich mehr intoholen.

Eklig weer dat liekers, dat mit Thomas. Over nu wüsst se tominst, worüm se domols den Aids-Test mitbringen müsst. „Reine Formsache", harrn de Fernsehlüüd vun TV 2010 seggt. „Das ist nur dafür, wenn sich mal jemand verletzt und blutet. Wir müssen jedes Risiko ausschließen."

Man denn müsst se mit Thomas in 't Bett rin. Naja, wat heet „müsst"? Se harr nu mol to wenig Punkte sammelt, un dat weer de letzte Schangs. Twintig Punkte kunn se kriegen för „een Mool". Un Thomas, den harrn de Tokiekers för ehr utsöcht – per Internet-Afstimmung.

Ogen to un dörch! Licht utdreihn. Denn nehmt dat blots de Infrarot-Kameras op, un de Tokiekers köönt nich so veel sehn. Man keen Kondom un keen gor nix. Un denn dat Aftöven. Geiht dat scheef oder nich? Wenn 't scheef geiht, teihn Punkte minus. „Bekommt Lisa ihre Tage oder nicht? Sie werden es erfahren! Gleich! Nach der Werbung! Bei: WIR LIEBEN EUCH!"

Denn weer de Container-Tiet rüm, un blots noch Lisa weer nobleven. Un nu müsst se de letzten Punkte mit de „Spezial-Opgoven" insammeln. Een Week alleen in en Huus in de Walachei. Un de Spezial-Opgoven harrn de Tokiekers utsöcht.

De Hauptsook dorbi is: goot oppassen! Nich mööd warrn! Jümmer op'n Kiewief ween! Un dat kannst du, wenn du to Huus dree lütte Gören hest.

Man, de Nerven! No de Tiet in den Container liggt de blank bi ehr. Güstern harr se meist opgeven, nodem dat in'n Höhnerstall en Kawenzmann vun Balken vun'n Böön dolsuust weer. Se harr ok weg ween kunnt no disse „Spezial-Opgoov". Weg för jümmer! Nich uttodenken ...

Jens, de arme Stakkel ut de Sendungen vun verleden Johr! De harr dat nich mehr schafft. De Pitbull in'n Goorn, de weer gauer. Fief Minuten reet he an Jens sien Been. Denn eerst holen de Fernsehlüüd den Köter torüch. Un dat Been weer nich mehr to redden. De Dokters müssten dat afnehmen, so harr de Hund dat toricht'.

„Schade, liebe Zuschauer. Jens hat es nicht geschafft. Jens, wenn du uns jetzt siehst im Krankenhaus: Dieser Rollstuhl ist nur für dich. Jens, WIR LIEBEN DICH!"

* * *

Dat Töven hier in 't Huus mookt di fardig. Un dat Alleenween. Ok dat Telefon hölpt nich. Wat nu woll noch kummt, in disse letzte Nacht?

In'n Container kregen se vun de Welt nix mit. Hier steiht tominnst en Fernseher. Un de Sendung hett al anfungen. De eerste „Werbung" is vörbi. „So, liebe Zuschauer, jetzt gehts für Lisa in den Endspurt. An unserem Übertragungsort steht der Sascha. Sascha wird auch „Der Würger" genannt." (Sascha nickköppt.) „Raubmord und Vergewaltigung. Und heute wird er bei unserem Spiel mitspielen. Sascha, du machst dich jetzt auf den Weg zur Lisa. Wie es weitergeht, liebe Zuschauer – nach der Werbung! Bleiben Sie dran! Und Lisa – wenn du uns jetzt siehst: Lisa, WIR LIEBEN DICH!"

„Der Würger" op 'n Weg no ehr hen? Lisa hett den Kasten utmookt un sitt an'n Disch, den Kopp in de Hannen. Dodenstill is dat in't Huus.

Ophöörn! Ophöörn! Rut! Weg vun hier! Christiane mutt ehr ruthooln! Man, dat Telefon ... Dat Telefon seggt nix mehr! Afhauen? De Döör geiht nich op!

Lisa sackt tosomen un weent.

Buten föhrt en Auto op 'n Hoff rop ...

Twee Märken ut Norwegen – novertellt op Platt

Gudbrand vun'n Barghang

Dor is mol en Mann ween, den sien Noom weer Gudbrand. Sien Hoff leeg wiet af, an 'n Afhang vun 'n Barg, un dorüm nömen em de Lüüd „Gudbrand vun'n Barghang". Gudbrand un sien Fro, de harrn en Stück Acker för sik un hunnert Dalers in en Kist. Un denn stünnen in'n Stall ok noch twee Köh ünner 't Joch. Een goden Dag, dor sä de Fro to Gudbrand: „Mi dücht, wi schullen man een vun de Köh no Stadt bringen un ehr verköpen, dat wi doch mol 'n poor Schillinge to'n Utgeven hebbt. Wi sünd so flietige Lüüd un schullen man 'n beten wat to Hand hebben, so as anner Lüüd ok. An de hunnert Dalers in de Kist, dor dröövt wi nich ran, un ik weet nich: Wat schüllt wi mit mehr as een Koh? Na, un denn is dor ok noch 'n lütten Vördeel för mi mit bi – mutt denn jo blots noch een Koh oppassen un mi nich mehr mit de twee afrackern.

Jo, dat weer 'n Büx! Ok Gudbrand, den düch dat 'n gode Sook. Un glieks nehm he de Koh un güng mit ehr no Stadt un wull ehr dor verköpen. Over nüms wull de Koh hebben! „Tjä, wat schallst moken?", dacht sik Gudbrand. „Mutt ik mit mien Koh wedder no Huus. 'n Stall heff ik jo för ehr, ok 'n Joch, na, un de Weg torüch, de is nich länger as de Weg hierher." Un so stevel he denn wedder los, mit sien Koh no Huus hen.

He harr al 'n Enn vun'n Weg achter sik, dor keem em en Mann in de Mööt, un de harr 'n Peerd un wull dat geern verköpen. Nu dücht uns Gudbrand, dat weer doch woll beter mit 'n Peerd as mit so 'n Koh. Un dorüm hett he denn mit den Mann tuuscht.

'n lütten Stremel Weg wieter, dor keem een an, de dreev 'n fett Swien vör sik her. Nu dach Gudbrand sik: „Is doch beter mit so'n fett Swien, as mit 'n Peerd." Un he tuusch dat Peerd gegen dat Swien in.

Gudbrand güng wedder 'n Stück, un denn keem dor en Mann mit 'n Zeeg an. „Kloor is en Zeeg beter as 'n Swien", dacht Gudbrand un tuusch sien Swien in.

Un so güng dat in een Tour wieter. Ut de Zeeg is denn en Schoop worden, ut dat Schoop en Goos un ut de Goos en Hohn. Man, denn kreeg uns Gudbrand 'n gewaltigen Smacht, un he müsst den Hohn för dree Groschens för wat to eten verköpen.

Opletzt keem Gudbrand op sien Weg no Huus ok bi en Nover vörbi, un bi den keek he rin, üm „Goden Dag" to seggen. „Na, Gudbrand", säen se to em, „hest du denn in de Stadt wat beschicken kunnt?"

„Och, dat kann man so un so sehn", anter Gudbrand, „goot lopen is dat jüst nich, ober ok nich slecht." Un denn hett Gudbrand sien Novers de ganze Geschicht vertellt, vun vörn bet achtern. „Oh, Gudbrand! Dor warrst ja wat to hören kriegen to Huus", sä de Buer, „Gott wees mit di! Ik much manleev nich in dien Huut steken!" Man Gudbrand anter: „Mi dücht, dat harr veel leger komen kunnt. Un weet ji wat:

Mien Fro, de höllt mi nie nich wat vör, eendoont, wat ik ok mook."

„Tjä", sä de Nover, „villicht stimmt dat, ober villicht ok nich. Also ik tominnst glööv di dat nich." Gudbrand, de weer sik over seker: „Wüllt wi wetten? Du, ik heff hunnert Dalers to Huus in de Kist, de will ik insetten. Höllst du dorgegen?"

„Topp!" reep de Nover. Un as dat buten schummern wöör, dor güngen se tosomen wieter, bet no Gudbrand sien Hoffsteed. De Nover bleev denn buten vör de Döör stohn un wull dor toluustern, wenn Gudbrand wat vun sien Fro to höörn kreeg.

„Goden Ovend!", sä Gudbrand vun'n Barghang, as he rinkomen weer. „Goden Ovend!" sä ok de Fro, „Gott wees Loff un Dank! Dor büst du ja!" Jo, dor weer he. Un denn hett sien Fro em froogt, woans em dat in de Stadt gohn is. „Tjä, so as dörchwussen Speck", anter Gudbrand, „harr ok beter komen kunnt. In de Stadt wull mi nüms de Koh afköpen. Ik heff ehr denn för 'n Peerd intuuscht." De Fro freu sik: „Dor hest du recht an doon! Wi sünd jeedeen Dag so flietig, denn dröövt wi no de Kark hen ok mol föhrn, so as anner Lüüd. Un wenn wi uns 'n Peerd leisten köönt, worüm schullen wi dat woll nich?" Un se reep no ehr Jungs, se schullen dat Peerd rinbringen.

„Nee, nee", sä Gudbrand, „ dat is noch anners komen. No 'n Stück Weg heff ik dat Peerd för 'n Swien intuuscht." „Oh, wat büst du doch klook!", reep de Fro. „Ik sülvst harr dat jüst so mookt! Ik dank di ok, mien leve Mann! Denn ward wi jo Speck in 't Huus hebben un köönt uns Gäst düchtig wat vörsetten. Wat schullen wi ok mit 'n Peerd? De Lüüd wöörn denn seggen, dat wi to vörnehm worrn sünd un goht nich mehr to Foot no Kark, so as sünst." Un se reep no ehr Jungs, se schullen dat Swien rinbringen.

„Nee, nee", sä Gudbrand, „dat is noch anners komen. Ik bün noch 'n Stück wieder gohn, un denn heff ik dat Swien för 'n Melkzeeg intuuscht."

„Oh, du büst wohrhaftig 'n kloken Mann!" reep de Fro. „Wenn ik so recht överleggen do: Wat schullen wi ok mit 'n Swien? De Lüüd wöörn denn seggen: De dor, de freet' allens op, wat se hebbt. Nee, du, de Zeeg is veel beter. Nu hebbt wi Melk un Kees un de Zeeg bovento!" Un se reep no ehr Jungs, se schullen de Zeeg rinbringen.

„Nee, nee", sä Gudbrand, „ dat is noch anners komen. Ik bün 'n lütten Stremel Weg wieter gohn un heff de Zeeg för 'n Schoop intuuscht; du, so een gifft dat meist nich nochmol."

„Oh, wo fein!" reep de Fro. „Allens hest du so mookt, as weer ik mit dorbi ween. Wat schullen wi ok mit de Zeeg? Ik müsst dor jümmer achterher ween un mit de Zeeg bargropp un bargrünner. Vun so 'n Schoop over heff ik Wull un Kleder in't Huus un loter ok noch dat Fleesch." Un se reep no ehr Jungs, se schullen dat Schoop rinbringen.

„Nee, nee", sä Gudbrand, „ dat is noch anners komen. 'n lütt Stück wieter heff ik dat Schoop för 'n Goos intuuscht. „Dusend Mol Dank!" sä de Fro, „wat schull ik ok mit dat Schoop? Ik heff jo gor keen Spinnrad un keen Spinnel un ok gor keen Lust, mi mit dat Weven aftorieten. Bet nu hebbt wi uns Kleder jümmer köfft, un dat doot wi morgen jüst so. Ik heff al lang 'n Jieper op Goosfleesch. Un in de Küssen kann ik denn Dunen rinstoppen." Also reep se no ehr Jungs, se schullen de Goos rinbringen. „Nee, nee", sä Gudbrand, „dat is nochmol ganz anners komen. Du, ik heff de Goos nich mehr. Ik heff ehr för 'n Hohn intuuscht."

„De Herrgott weet, woans du dorop komen büst!" reep de Fro. „As wenn ik sülvst ünnerwegens ween weer. Hest du 'n Hohn, denn kreiht de Klock veer, un du steihst jümmer to rechte Tiet op. Wat schullen wi woll mit de Goos? Dat Fleesch, dat harr ik inpökeln müsst – dor verstoh ik mi öberhaupt nich op. Un in de Küssen, och, dor kummt Seegras rin." Also reep se no ehr Jungs, se schullen den Hohn rinbringen.

„Du, Fro, ik heff ok den Hohn nich mehr", sä Gudbrand. „Ünnerwegens kreeg ik so een Smacht – för dree Groschens för wat to eten heff ik den Hohn verköfft. Nu bring ik nix mit no Huus, blots mien Leven."

„Dor hest du recht an doon!" reep de Froo. „Wat du ok moken deist, allens is klook un gefallt mi goot. Wat schullen wi woll mit den Hohn? Wi köönt doch so lang liggen blieven as uns dat passen deit. Gott wees Loff un Dank! Mien Mann, de jümmer allens richtig mookt, de is gesund wedder no Huus komen. Dat is allens, wat ik will. Goh mi af mit Hohn un Goos un Swien un Koh."

Un in dissen Momang, dor hett Gudbrand denn de Huusdöör opmookt, wo de Nover noch to luustern stünn. „Na, Herr Nover, wat heff ik di seggt? Geiht de Wett nu an mi?" Un de Nover kunn blots noch nickköppen. Jo, de hunnert Dalers, de schull Gudbrand nu hebben.

As de Mann sik üm dat Huus kümmern schull

Dor is mol en Mann ween, de weer jümmerto gnatterig un an't Quarken. Allens, wat sien Fro in't Huus moken dee, weer verkehrt. Un dat Woort „Danke" – nee, dat hett he överhaupt nich kennt.

Nu is he in'n Harvst eenmol den ganzen Dag för de Oorn op'n Fellen ween un keem eerst loot an'n Ovend torüch no Huus. De Döör harr he kuum achter sik dichtmookt, dor güng dat al wedder los mit sien Quarken un Quäsen. Mol weer dit verkehrt, mol weer dat nich richtig.

„Och, Vadder", sä de Fro, „wees doch nich jümmer so böös. Pass op: Morgen wüllt wi mol tuuschen mit de Arbeit. Ik goh mit de annern to'n Meihen no 't Feld rut, un du kümmerst di in de Tiet üm allens in't Huus." Jo, dat weer den Mann recht, un he nähm den Vörslag glieks an.

Na, de Fro is denn fröh an'n Morgen losgohn to'n Meihen, mit de Lee op'n Nacken. Un de Mann is to Huus bleven. Anfangen wull he bi dat Bottern. Man, he harr en Tiet lang bottert, dor kreeg he Dörst un güng also eerstmol rünner in'n Keller, to'n Beer afzappen. De Mann stünn nu in'n Keller bi dat grote Beerfatt un zapp sik wat rin in sien Beerkann, dor hööр he, dat 'n lütt Farken no de Köök rinkomen weer. Mit den Zapphohn in de Hand neih he de Trepp hoch, so gau as dat güng. Dat Farken schull jo nich dat Botterfatt ümrieten!

Man dat weer al to loot. Dat Fatt leeg op de Siet, de Rahm leep över'n Footbodden, un dat Farken weer an't Slabbern. De Mann keem in de Brass, dat Farken suus los un de Mann jo achterher. Bi de Huusdöör kreeg he dat Farken tofoten un trock em een över. Dat Farken is dorvun ümkippt un hett keen Mucks mehr vun sik geven.

Nu harr de Mann over jo noch den Zapphohn in de Hannen ... Leve Tiet - dat Beer! He suus gau hendol no den Keller, man dat ganze Beer weer al op den Footbodden utlopen. De Mann is denn no de Melkkomer hen, hett nochmol Rahm in't Botterfatt ringoten un is wedder mit dat Bottern anfungen. Botter wull he doch noch geern to'n Middag hebben. Na, en Tiet lang hett he denn bottert, dor füll em de Koh in. De weer jo noch in'n Stall un harr nix to freten un to supen kregen, den ganzen langen Vörmiddag över. Egens harr se no de Koppel hen schullt, man, dorför weer dat al to loot an'n Dag. Nee, de Mann wull ehr nu op dat Grasdack vun't Huus freten loten - dat Gras dor boven weer al schön hoch un gröön.

Nu stünn dat Huus jo direktemang bi en' Hügel, un dorüm dacht de Mann sik: „Ik legg man eben en Balken vun den Hügel no 't Dack röver. Op de Oort krieg ik de Koh an'n lichtsten no boven." He wull over dat Botterfatt nich in de Köök an de Eerd stohn loten, denn sien lütten Jung krabbel dor rüm un kunn dat villicht ümstöten. Nee, he nähm dat Fatt op'n Rüch un güng no buten. Toeerst schull nu de Koh noch wat to supen hebben. Mit 'n Ammer wull de Mann sik Woter ut den Brunnen rutholen. He beug sik no vörn rünner, over dorbi is em de ganze Rahm över'n Nacken lopen un denn in't Woter rin.

De Klock güng al op Middag to. Botter geev dat keen, un nu wull de Mann denn Grütt koken, un dorüm hett he över't Füer en Ketel mit Woter henhungen. „Leve Tiet – de Koh!" De stünn jo boven un weer nich fastbunnen. Dor kunn se noch rünnerfallen un sik Hals un Been breken! De Mann klatter also mit 'n Strick buten hoch un hett de Koh den Strick üm den Hals bunnen. Dat anner Enn vun den Strick hett he dör den Schossteen smeten, is rünner no de Köök un hett sik den Strick dor gau an sien Been fastknütt'. Dat müsst fix gohn – dat Woter in'n Ketel weer al an't Koken, un de Mann müsst jo de Grütt ümröhrn.

He weer also an't Röhrn, dor is jüst in den Momang de Koh vun't Dack rünnerplumpst, un dorbi hett se em an den Strick in den Schossteen rin hochtrocken. Jungedi, dor bummel he nu un kunn nich no vörn un nich torüch. Un de Koh, de bummel buten, twüschen Himmel un Eerd.

Wieldes weer de Froo jümmer noch op'n Fellen un wunner sik al. Ehr Mann, de schull doch egens komen un ehr to'n Middageten afholen. Weer over vun em nix to sehn. Nee, dat duer doch to un to lang, un dorüm güng de Fro mit de annern no Huus.

Over ach, du leve Tiet! De Koh, dat arme Deert, bummel vör't Huus, twüschen Himmel un Eerd. De Fro nähm glieks de Lee in de Hand, un zack! Weer de Strick dörchsneden, un de Koh weer erlööst. De Mann over, tjä, de suus dör den

Schossteen no ünnen. Un as de Fro no de Köök rinkeem, dor stünn ehr Mann över Kopp in den Ketel vull Grütt.

En Wiehnachtsfest, dat man nich vergeten deit

Bi mien' Fründ Wolfgang sien Onkel Günter in'n Schwarzwald, dor löppt de ganze Wiehnachtstiet streng no Ploon! Eerstmol de Geschenke: De warrt al in'n Oktober köfft! Un denn kiekt Onkel Günter bet Wiehnachten de annern bi't Rümjachtern to.

Dorno warrt för Hillig Ovend för de Enkelkinner en Student bestellt, vun den „Städtischen Weihnachtsmann-Service", un Günter sien Fro Betty, de mookt an'n eersten Advent en feinen Goosbroden in'n Oven, un dat is denn sotoseggen de Generaal-Proov för't Wiehnachts-Eten. Also: Wiehnachten kann nix mehr scheef gohn.

Man, verleden Johr, dor keem doch allens ganz anners ...

Mien Fründ Wolfgang is mit sien Auto rünnerjuckelt, bet no'n Schwarzwald. För Onkel Günter harr he ditmol en ganz besünnert Geschenk bi sik: en echten austroolschen Bumerang! Minsch, Onkel Günter, de hett sik jo half wegfreut. He is nämlich en groten Australien-Fan. Un so'n Bumerang, de will natürlich glieks utprobeert warrn. „Pass mol op, Wolfgang", sä Onkel Günter, „ik smiet den Bumerang mol no dat Kökenfenster vun uns Novers röver. Kann ja nix passeern – so'n Bumerang, de dreiht ja wedder üm un kummt torüch." Onkel Günter smitt also den Bumerang los. Un de Bumerang flüggt un flüggt, un Onkel Günter seggt: „So, kiek, nu geiht he glieks in de Kurv." Un de Bumerang flüggt un flüggt. Un flüggt bi Novers dörch dat Kökenfenster ... Ohaueha!

De Bumerang ... dat weer nämlich en Jagdbumerang. Äh, un siet dissen Dag snackt Onkel Günter un sien Nover nich mehr mitenanner ...

Denn keem de Student. He schull buten den Sack mit de Geschenke an sik nehmen un denn mit rinbringen. De Student, de weer over bannig opreegt. He weer sogor so opreegt, dat he ut Versehn den Müllsack to foten kreeg, de ok buten rümstohn dee. „Ho-ho-ho, von drauß vom Walde komm ich her!" Un denn hett he den ganzen Schiet in de Stuuv utschütt': Reste vun't Eten, Knoken, Kantüffelschell un 'n vergammelten Appel. De Enkelkinner weern an't Blarren ...

De Goosbroden an'n eersten Wiehnachtsdag, de schull allens wedder goot moken. Mmh, wo fein dat al rüken dee. Na, 'n Ogenblick müsst he noch. Dor kunn Tante Betty doch de annern noch schön ehrn nee'en Computer wiesen. Wat so en Kist allens kann! Du schriffst en Breef, un no teihn Sekunnen is de al in Australien oder annerswo op de ganze Welt. Spannend! Denn hebbt se noch 'n beten in't Internet *surft*, un nochmol dit, un nochmol dat. Bet Onkel Günter sä: „Du, de rüükt ja gediegen, dien Computer. Is dat normol? Rüükt meist as 'n verbrennte Goos ..."

Naja, weer over nich de Computer...

Ok de schönsten Wiehnachtsdoog goht mol to Enn. In

de Nacht harr dat noch düchtig Snee geben. Wolfgang, de harr sik al dorop instellt, sien Auto free to schüffeln. Un an'n Morgen güng he denn rut mit de Schüffel un mit 'n Sneeschuver. Man sien Auto, dat stünn nich mehr an de Stroot. Dat weer weg! In de Nacht harr de Snee nämlich dat Auto ünner sik begroven. Un de Lüüd vun de Stadtreinigung, de dachten: Dat is en groten Sneehümpel! Un den groten Sneehümpel, den hebbt se fein mit ehrn groten Unimog tosomenschoven ...

As ik al seggen dee: En Wiehnachtsfest, dat man nich vergeten deit!

Dietmar, de Dannenboom

„Tschüüs, Dietmar!“ reep Fritz Fichte, „dat weer fein mit di.“

„Jo, Fritz. Seh man to“, anter Dietmar, de Dannenboom, „ik wünsch di ok schöne Wiehnachten.“ Denn nähmen de Lüüd Dietmar sien letzten Fründ mit un steken em in'n Kufferruum vun 't Auto rin. Nu, an'n 23. Dezember, harr de Förster meist all de Bööm verköfft un kunn dat Schild „Tannenbaumverkauf“ afnehmen. Nobleven weer blots noch Dietmar – en scheven, kröpeligen Dannenboom, den nüms hebben wull.

Mudderseelenalleen stünn he dor in sien Putt un snucker liesen vör sik hen. Dat weer pickendüüster, un de oostenwind huul üm de Ecken rüm. „Hool di stief!“ harr Fritz noch seggt. De hett goot snacken, dacht Dietmar. Fritz, de stünn jo nu al merrn in en kommodige Stuuv, un morgen, dor schull he vullpackt warrn, mit Lametta, mit Kugeln un mit wunnerschöne Lichter. „Blots ik, ik bün to'n eersten Mol in mien Leven ganz alleen“, dacht Dietmar. Un en lütte Troon ut Harz kuller an Dietmar sien Stamm hendol ...

De Wind – uh, de huul gräsig! Dietmar slööp ganz unruhig. Em weer, as höör he twee Engels to em snacken. De een, de weer witt, de anner swatt. Un de witte sä: „Dietmar, du muttst an di glöven. Ok för di warrt dat schöne Wiehnachten geven. Ik wies di dien Tokunft ...“ Un Dietmar kunn en Familie sehn, Familie Tiemann in de Hauptstroot Nummer veer. Un he höör de Mudder to de Kinner seggen: „En Wunner, dat wi dissen Dannenboom noch kregen hebbt. Un ganz för ümsünst. Nu, wo Vadder arbeitslos is, un wo wi so spooren mööt ..." Un denn keek Dietmar nochmol nipp un nau hen, un wohrhaftig! Dat scheve Dings dor, merrn in de Stuuv, vullhangt mit Lametta un mit Kugeln un mit wunnerschöne Lichter, dat weer he – Dietmar, de kröpelige Dannenboom! Denn verswünn dat Bild miteens ...

„Engel!" sä Dietmar opreegt, „woanns koom ik dor hen? De Verkoop is nu doch vörbi! Du hest doch Flünken! Du kannst mi dor doch henflegen!" De witte Engel schüttkopp ganz bedrüppelt: „Ik kann nix drägen, wat sworer is as fief Kilo. Heff mi den enen Flunk verknackst. Kiek, hier is dat Attest vun Petrus."

Dietmar leet de Twiegen dolhangen. Nu mell sik de swatte Engel. Mit 'n smerigen Grientje sä he: „Hähä! Dietmar, du Kröpel vun Dannenboom. Du weetst jo woll, wat no dat Fest ut di warrt: Du kummst rin in de Hackel-Maschien! Hähä!" Un Dietmar weer, as höör he al den Motor vun de Hackelmaschien un dat Knacken vun de Twiegen, de tweibroken warrt ... Wedder leep en Troon ut Harz an den Stamm hendol ... Man de witte Engel weer noch dor: „Dietmar! Een mutt blots an sik glöven un sien Schicksool sülvst in de Hand nehmen!" – Wat seggt de Engel? In de Hand nehmen? Jo, dat is dat! In de Hand nehmen! Dietmar steeg ut sien Ammer vull Eerd rut un nähm den in de Hand: „Nu goh ik los!"

Dörch den Wohld, dat weer noch licht to. Man över de

Autobohn röver komen, dat weer al wat sworer. Nüms wull anhollen. Un wohrschienlich sä de Verkehrsfunk nu: „Achtung, Autofahrer, auf der A 23 überquert ein Tannenbaum die Fahrbahn", man, dat weer Dietmar teemlich egool. Denn passeer dat Wunner: En Laster ut 'n hogen Noorden güng in de Bremsen un leet Dietmar röver. *„God Jul!"* reep de Fohrer Dietmar achterno, *„og godt nyttår!"* Un denn lach he sik kaputt ...

Noch en halve Stünn to Foot, denn keem Dietmar amenn bi Tiemanns in de Hauptstroot an. Un nu? An de Döör pingeln un jem ut'n Sloop hooln? Nee, dat güng nich; dat harr Dietmar in de Boomschool lehrt. Man dat duer keen Minuut, un denn keem Wodka-Willy, de Suupbütt ut 'n veerten Stock, anwackelt. Huck!! Willy harr jüst 'n Hickop. Denn füng he an to lallen: „D-d-darf ich Euer H-h-hochwohlgeboren die T-t-tüür öffnen?" Un he leet Dietmar, den Dannenboom rin.

Tosomen stünnen se in'n Fohrstohl, dor reet Wodka-Willy miteens de Ogen op: „En Dannenboom in'n Fohrstohl?! Mit 'n Ammer in de Hand?! Nu heff ik mi to Schannen sopen! Herrgott in'n Heven, verschoon mi! Ik will ok mien Leevdag keen Buddel mehr anfoten!" He steeg ut un full op de Kneen dol.

Dietmar, de Dannenboom steeg in'n söventen Stock ut. He stell den Ammer mit de Eerd bi Tiemanns vör de Döör hen un steek dor sien Wutteln wedder rin. Nu schull dat Fest man komen!

Wodka-Willy – dat kann ik jo verroden – de hett nie nich wedder 'n Buddel anfoot'. Un wat de Lastwogenfohrer ut 'n hogen Noorden is, de hett to Huus vertellt, de Düütschen verkleedt sik nu to Wiehnachten as Dannenboom ...

Man uns Dietmar, de hett bi Tiemanns feine Wiehnachten beleevt. Mit Lametta un mit Kugeln un mit wunnerschöne Lichter. Vör Freud rull em sogor en Troon ut Harz den Stamm hendol ...

De echte Wiehnachtsmann

Eenmal in sien Leven wull he Wiehnachtsmann ween, mien Fründ Wolfgang. Dat weer al siet Johr un Dag sien groten Droom!

Nu geev dat in't Dörp bi't Autohuus Müller an'n eersten Advent jümmer en lütten Wiehnachtsmarkt, un dor söchen se noch 'n Wiehnachtsmann för. Wenn de Groten sik de Autos ankeken, denn schull de Wiehnachtsmann op de Lütten oppassen un jem Märken vertellen. Wolfgang sien grote Schangs!

Tosomen sünd wi denn lostrocken un hebbt för Wolfgang Wiehnachtsmann-Kledoosch köfft: Den besten Mantel, den wi finnen kunnen, en Sack un natürlich ok en Rood to'n Gören versohlen. Un noch 'n langen Boort un 'n poor witte Ogenbruen – Wolfgang is ja man knapp veertig, also mutt he örnlich as olen Mann utstaffeert warrn.

Denn weer Wolfgang sien groten Dag dor. Mit acht Kinner üm sik rüm seet he op Strohballen in't Autohuus un vertell Märken. Blangen em ok de lütte Christian, un de fröög glieks: „Bist du denn auch der echte Weihnachtsmann?"

„Das will ich meinen!" anter Wolfgang mit 'n depe Stimm, „du bist doch auch der echte Christian, oder?" Hm, dor harr de Jung nich mit rekent; he sweeg eerstmol still.

Over he nähm den Wiehnachtsmann nipp un nau ünner de Luup un muster em vun boven bet ünnen.

Wolfgang füng dat Sweten an. Eerst de dicke Mantel un nu ok noch disse negenmolkloke Jung! Denn passeer dat Malöör: De Ogenbruen, de höllen nich mehr fast un glitschen in den Sweet den Kopp hendol! „Ey, du bist ja gar nicht der echte Weihnachtsmann!" kriesch de lütte Christian.

Nu weer Holland in Not! Wat schull mien Fründ seggen? Ich bin's, Wolfgang Meier, wir haben euch angelogen ...?

Nee. He nähm de Ogenbruen af un steek jem in de Tasch. „Kinder!" süüfz he. „Kinder! Alle Welt glaubt, der Weihnachtsmann ist steinalt. Aber seht doch selbst: Ich bin noch ganz jung! Ich wollte nur niemanden enttäuschen. Darum habe ich mir die weißen Augenbrauen gekauft ..." (Schnüff!)

Dat weer musenstill. Denn stünn de lütte Simone op un drück Wolfgang – äh, ik meen natürlich: den Wiehnachtsmann – en' Söten op un sä: „Du, ich verrate dich nicht! Ich weiß, wie dir zumute ist. Ich hab das Kleid mit den Blümchen auch bloß angezogen, weil ich Oma nicht enttäuschen wollte!"

Oh, Mann, Simone! Du hest den Wiehnachtsmann glücklich mookt!

An'n neegsten Dag hett Wolfgang sien roden Mantel an'n Nogel hungen. Over he hett noch weekenlang dorvun vertellt, vun den Nomiddag in't Autohuus ...

De goden Vörsätz

Na, hebbt ji dat schafft, dit Johr? Dat mit de goden Vörsätz? Keen Glimmstängels mehr? De Ehefro bi't Opwaschen hölpen? Den Mann in Roh Football kieken loten? Ik wünsch jo vun Harten, dat dat henhaut hett.

Bi mien Fründ Wolfgang hett dat nich henhaut. He harr sik vörnohmen, weniger Peperkoken to eten. Un weniger Spekulatius, weniger Stollen, na un wat dat allens so geven deit in de Tiet vör Wiehnachten ... un vörher al den ganzen Harfst över. Man, an'n tweten September stünn bi Wolfgang al de eerste Stollen in't Schapp. Un nu hett he so vele bunkert, de langt noch bet neegsten März. Oder bet April ...

Woans dat denn bi mi utsehn deit, mit de Vörsätz? Och, wüllt wi nich lever över 't Wedder snacken? Oder över Gott un de Welt? Mientwegen ok över de düütschen Footballers. Hebbt ji annerletzt dat Speel ... Nich. Hm. Na goot, denn man los. Also, ik wull jo wedder no'n Sport hen. No fief Johrn Pause. Man, dat ganze Johr över harr ik keen Tiet. Jümmer keem wat dortwüschen, mol dit, mol dat. Un de Büxen, tja, de wöörn enger un enger.

Over denn kreeg ik vun'n Niklaus en' Fitness-Gootschien! „Gültig bis 31. Dezember". Müsst ik dor jo woll hen ... Un wat schall ik jo seggen: Güstern weer ik bi'n Sport.

Un vundoog ... bün ik dat Elend op twee Been. So een Muskelkoter ... mien Groot-Tante weer mit dreeunnegentig gelenkiger. Un mien Deern müsst mi vunmorgen in de Strümp rinhölpen ...

Weet ji wat? För't neegste Johr heff ik al nu 'n goden Vörsatz: mehr utrohn! Un nu glieks, hier op de Steed, schall dat losgohn, gor nich lang fackeln! Tschüüs!

Beten wat to'n Nokieken

al	schon
antern	antwortend
blangen	neben
Blick	Blech
Bottervogel	Schmetterling
buten	draußen
dol	herunter, nach unten
Duuntje	Alkoholrausch
ehr dücht dat so	ihr scheint es so
wi droopt uns	wir treffen uns
eendoont	egal, einerlei
egens	eigentlich
op'n Fellen	auf dem Felde
flietig	fleißig
foffteihn moken	*hamburgisch:* Pause machen
foken	oft
foten	fassen
freen	freien, heiraten
gau	schnell

hensloon	hinschlagen, stürzen
Huut	Haut
klütern	basteln, reparieren
Klüsen	*scherzhaft:* Augen
Komer	Kammer
se kriesch	sie kreischte
leddig	leer
Lee	Sense
liekers	trotzdem
liesen	leise
loot	spät
man	jedoch, aber
meist	beinahe
minner	weniger
in de Mööt komen	begegnen, treffen
narms	nirgends
noog	genug
Nööt	Nüsse
Nover	Nachbar
nüms	niemand
Oorn	Ernte
Padd	Pfad
pickendüüster	pechfinster
Pieler	Pfeiler
en Placken	ein Fleck
Puuch	Bett
proot	parat

Reeg	Reihe
riep	reif
sik rögen	sich bewegen
rut	raus
Schapp	Schrank
Schoop	Schaf(e)
siet	niedrig
sitten gohn	sich hinsetzen
se sleit	sie schlägt
snuckern	leise weinen
Strietschoh	Schlittschuh
swiestern	flüstern
Tog	Zug
topliern	zuzwinkern
töven	warten
he töövt	er wartet
Tüüch	Zeug
twei	kaputt, entzwei
utneihn	fliehen, verschwinden
utttrecken	ausziehen
sik verfehrn	sich erschrecken
verleden Johr	voriges Jahr
vör Dag komen	ans Tageslicht kommen
Wehdoog	Schmerzen
wiesen	zeigen
woans?	wie?
wokeen?	wer?